DONAUGESCHICHTEN

Anthologie #2

www. donauliteratur.at

herausgegeben von Ruth Aspöck

Edition die Donau hinunter

KULTUR LAND OBERÖSTERREICH

.KUNST bundeskanzleramt

niederösterreich kultur

Impressum:

Titelfoto: E. Messer
Lektorat und Zusammenstellung: Ruth Aspöck
Korrekturen: Ingeborg Reisner
Hersteller: Druckerei Rohrbach, druckerei-rohrbach@aon.at
ISBN: 3901233210

Liebe Leserin, lieber Leser!

Mit großer Freude habe ich dieses Buch zusammengestellt, das die Donau und die Geschehnisse in ihr und um sie poetisch, romantisch, nüchtern, dokumentarisch, journalistisch, essayistisch, in vielen neuen Varianten in Prosa und Lyrik beschreibt.

Auf die vielfältige Symbolik wird eingegangen, die des Wassers allgemein, und auf die Bedeutung der Donau besonders. Wie in dem ersten Band DONAUGESCHICHTEN, die mein Verlag herausgebracht hat, werden nicht nur schöne Geschehnisse an der Donau geschildert. Der Tod gehört zu diesem Strom wie auch das Wiedererstehen und das Widerstehen. Neuerlich wird bewiesen, daß die Mystik, die Geheimniswelt der Donau ein Thema der Dichtung ist.

Für dieses Buch, das Sie in Händen halten, haben 25 Autoren und Autorinnen sowie Zeichner und Fotografen ihre Werke zur Verfügung gestellt. Fast die Hälfte von ihnen hat schon in der Edition Die Donau hinunter veröffentlicht. Selbst für Kenner dieser Region ist der Inhalt überraschend.

Genießen Sie die Lektüre dieses neuen Produktes meines Verlages, der sich die Donauregion literarisch zum Thema genommen hat.

Ihre Herausgeberin

Ruth Aspöck

im Winter 2001/2002

INHALTSVERZEICHNIS

Waltraud Seidlhofer

donau

gruen geformte huegel
derart dass fliessendes entsteht
das rechte und linke ufer
uebereinander gelagert
abfall und hang
gleiten /der/ fluss
rhythmus
gegeneinander bewegt
laub oder mischwald
jedenfalls das gestruepp
ausgeufert und fort
sich dehnend
ineinander verzahnt
die schritte die zurueck
gelegte entfernung
/auch fahrt/
also die huegel
jahreszeitlich verschoben
schwaerzlich gezeichnet
schnee
oder das grau
ueber erinnerung fliessend
gelblich und gruen
die dominanz einer farbe /gestalt/
die wiedergeholten bilder
an waenden
aneinander gereiht
dargestellte/r jahrhunderte sicht
stiche ins braun oder grau
erdfarben verstoert
wasser mit feder und stift
sehr fein gezeichnet, detail
menschen die kleider und stege

bruecken das holz
filigranes gestein
geroell auch und kiesel
jedenfalls rund die bewegung
sickerungen und tuempel
barrieren und fels
das steigen des wassers
veraenderte form
um und ueber gespuelt
fruehes erinnern
rieseln der sand
das gedehnte land
auf der seite des buches
minimum einer landschaft
/gegend/gebiet/
minimalstes molekuel
von wasser und stein
zusammengespresst
faszination einer form
das gefilter der halme
gitter durch die augen
verletzt
tuempel die naechtliche flaeche
abwaerts sich dehnend
geschiebe der langsame fluss
streunen und struenke und weiden
wie griffel die schwaerze der tafel
oder geschiebe geschreibsel grafit
die sickernden tropfen
ueber die seiten geschoben gedehnt
wie in sage und fluss
maer auch
die schlinge nach unten gezogen
die verschobene sicht
flaechenstruktur
oder fliessen
die tiefe temperatur analyse gehalt

auf den schirmen
langgezogene folge papier
neu entstehendes bild
teilsicht einer bewegung
stueckwerk kolonnen
abschnittweise
dem stroemen entlang
treppelpfad
schmal das niedergetretene gras
spuren wie blitze
gefangen gezeichnet
fluss der information
das staendige licht
wie sporadisch laenge und laser und laut
:
geschlungen
in ellipsen gezogen
die gereihten gedanken
die sich kreuzenden farben
straehne wechselnd bewegt
sagenzeit das verlorene
schwimmendes haar
ziehen schimmernde kerzen
!damalige zeit!
burgen und haeuser
das schwer geformte gestein
gepasst in die landschaft gepresst
furten und schnellen
die marken des wassers
getoese, getoen
eis glitzernd gestaut
frueh im jahr
das geschiebe
staemme und tiere
reissender bruch
gewalt in die wiesen geschnitten
und baeume

veraesteltes holz
stuecke, kadaver
das sagen von strudelndem weiss
gespiegelt, gebrochen
auch licht
eine langsame masse
das ufer
zu gestaenge
verdreht
farben
und flaechenweise
gegenwelt
geformt und getastet
alfabetisch
die unveraenderten reihen
ueberdimensioniert
gebrochene silhouetten und zacken
der wald nach rueckwaerts gedraengt
wie magie!
zogen vorueber
die tiere die koerper die voegel
fluegel lahm und gebreitet
die geklammerte nacht
schluchten, das verbundene bild
zu worten geformt die geschlungenen steine
ineinander gestuelpt geruempel, geroell
ausgeufert die obere flaeche des wassers
pictogramm einer bewegung
gebogen der form nach den beschriebenen dingen
angeschmiegt und gepresst
die naeherung der molekuele, gestalt
und nochmals
der geringste begriff:
sand stein gesplitterter schiefer
spat glimmer granit
algen die abgestorbenen blaetter
die reste von schilf oder schiff

lanzette und stille, gedreht
haus
schneckenfoermig gebeine, gebleicht
altes wasser, die graeser bedeckt
sehr langsam
zog der fluss
zu den tuempeln
wechselspiel, etwa auch reiher
fliessen, die ufer entlang
schattenbild, kaehne
die assoziation

Waltraud Seidlhofer

Te Anau

seien rings nur felsen, der rauch
raeumlich, das wasser, zu spruehen
zog, wie spiralen, gespinst
als griffe die quelle
als loesten die steine den schliff
die haerte, die spruenge
in das weite, die augen
so rieben die koerner gezeiten
so starrten die farben, gallert
auch schlug das erdreich dahin
wie schlamm, konzentrisch geschlungen
die finger glitten und zogen
und irgendwo fiel die erzählung
ein brocken geschichte, ein maer
waehrend die landschaft sich drehte
und licht, wie wolkig, zerstob

Te Anau ist ein Ort im Süden Neuseelands,
am Ufer des gleichnamigen Sees gelegen.

Gerda Edelweiss Grossmann

Donauweibchen

Er entspannte sich auf ihr. Sie spürte, wie er immer schwerer wurde. Bald würden sie sich in die Matratze bohren, durch sie hindurch auf dem Lattenrost aufprallen und mit diesem ins nächste Stockwerk fallen. Das wäre peinlich.

Auch sie war müde von den immer gleichen Übungen des gegenseitigen Einverständnisses, der Simultaneität ihrer Geräusche, dem Klatschen der feuchter werdenden Körper, den Schreiattacken, Überholmanövern, Gipfelkreuzgottesdiensten, letzten Ölungen, dem Fangschuß.

Sollten die Kerzen doch herunterbrennen, das heiße Wachs die Ohren versiegeln. Egal. Schon lange ging es zwischen ihnen nicht mehr um Schuld. Aber auch nicht um das Gegenteil. Endlich kommst du zur Vernunft, hieß das im Sprachgebrauch ihrer Mutter, einen Mann muß man sich richten, abrichten. Von allein kommt da nichts.

Ruhe sanft, Mutti, ich werde es mir merken. Aber nützen tut es mir nicht mehr. Und, habe ich nicht nach deinem Tod beim Ausräumen deines Hauses ein paar Kisten mit Softpornovideos hinten im Wäscheschrank gefunden und Vibratoren in Futteralen? Ganz schnell habe ich diese Schätze vor den Männern versteckt, deinen Söhnen, die mich mit ihrem Mutti-Mutti-gewimmer schon den ganzen Tag ins Kopfweh getrieben hatten. Bis heute weiß ich nicht, wollte ich dich vor ihnen schützen oder umgekehrt. Oder mich vor euch allen.

Ja, die Zeit der Kämpfe war vorbei. Des Türenschlagens, Fremdgehens, Tablettenfressens, Magenauspumpens. Vorbei die Liebesschwüre, die neuen Anläufe, die gemeinsamen Delirien. Die Erinnerung an ihre ekstatischen Versöhnungen waren zur Vorlage ihrer standardisierten Vereinigungen geworden. Und manchmal, wenn sie sich schreien hörte, wußte sie, daß ihr Schrei ein Echo war.

Sein gleichmäßig werdender Atem drückte ihren Kopf tiefer ins Kissen. Sie rollte seinen Leib sanft von sich hinunter. Sie stützte seinen Kopf ab, damit er nicht an der Bettkante aufschlagen und er mit einem erstickten Schrei aufwachen würde. Das hatte er nicht verdient, nach all den Mühen der Genitalität.

Das Fehlen seines Gewichtes auf ihrem Leib brachte keine Erleichterung. Vor ein paar Jahren hatte sie das noch irritiert, jetzt war sie daran gewöhnt. Auf alles Vieren kroch sie ins Badezimmer. Ein Bad in provencalischen Kräutern würde für genügend Vernebelung sorgen, ihren Leib von den Schleimspuren des Gedächtnisrituals befreien. Sie versenkte sich in der Wanne und sah ihren Schwimmhäuten beim Wachsen zu. Schläfrig werdend spürte sie, wie das Gebirge der Welt sich über ihr auftürmte, ganz leicht und luftig.

Keine Ahnung, warum sie sich gerade Linz ausgesucht hatte, um ihren Geliebten zu treffen. Die Hafenlände entsprach schon lange nicht mehr romantischen Vorstellungen für eine Liebesnacht.

Nur Urfahr hatte noch eine Lände, an der sie unbemerkt ihren glänzenden Schuppenleib in einen der verwilderten Schrebergärten rollen konnte. Sie hatte von den Holunderbeeren genascht und dann ihren Geliebten gerufen, mit einem Dreitoncode, den nur die Geliebten der Donauweibchen verstehen.

Wie schön kühl du bist, war seine Begrüßung.

Wie schön warm du bist, ihre Antwort. Sie hatten sich schon eine Woche nicht gesehen. Sie spürte, wie sich ihre Brustspitzen kräuselten, als er sich über sie beugte.

Schade, daß du ein Donauweibchen bist.

Er flüsterte, biß sie ins Ohr, und blies die feinen Haare an ihren Schläfen. Ihre Nervenenden begannen zu oszillieren.

Schade, daß du ein Donauweibchen bist.

Die Zuckungen ihres in Auflösung begriffenen Körpers und die Unstillbarkeit dieses süßen Sehnens nach Atomisierung wurden durch die wiederholte Erwähnung ihrer mythologischen Herkunft auf das reduziert, was sie bei klarer Wasserqualität natürlich auch immer wußte: Sie wand sich am Angelhaken der Normalität und vergaß wieder einmal, beim Blick in die Augen des Geliebten nach ihrem Spiegelbild Ausschau zu halten. Übermütig machte sie eine abwehrende Bewegung. Dann robbte sie in Richtung Fluß und sprang. Mit ihrer glitzernden scharfen Flosse schnitt sie dabei dem Geliebten den Kopf glatt ab. Er rollte hinter ihr her ins Wasser. Sie bemerkte nichts davon.

Sie freute sich schon auf das Dauertauchen unter den rumänischen Kohleschiffen, vielleicht würde sie einmal an der Erzsebetbrücke in Budapest anschlagen und ein Mondbad auf der Margareteninsel nehmen. Bis der Geliebte seinen Liebestaumel ausgeschlafen hatte, wäre sie längst wieder zurück.

Sie ist schon in der Wachau, das merkt sie am Traubengeruch, der schwer auf der Wasseroberfläche liegt. Sie hört Liederfetzen, gejuchzt von betrunkenen Ertrunkenen, und sieht Katzen mit blinden Augen, die gerade ins Wasser gestoßen werden. Sie weicht limonadefarbenen, fettigen Einschlüssen aus, die die Schneide der Flossen stumpf machen. Und endlich riecht sie den Rauch. Das Verbrennen von alten Rebstöcken, deren Asche feierlich auf dem Fluß verstreut und in der Vorstellung der Menschen hier bis ins schwarze Meer getrieben wird, ist einer ihre Lieblingsbräuche. Unverständlich, aber schön. Sie läßt sich direkt unter der Asche ein Stück flußabwärts treiben, so kann sie noch die Blasmusik hören, mit der die Verabschiedung gefeiert wird.

Als sie spürt, daß die Wasserwirbel stärker werden und ihr die Haare ums Gesicht schlingen, weiß sie, daß sie gleich eine Stelle erreichen wird, die seit je her als gefährlich gilt. Eine Manufaktur ist an dieser Biegung vor vielen Jahren in den Fluß gestürzt, so tief, daß sie sich mit ihren Schloten senkrecht in den Löß gebohrt hat.

Seit Generationen ist das Durchschwimmen dieser Manufaktur die Initiation der halbwüchsigen Donauweibchen.

Die Menge des verlorenen Blutes wird allein an der Art bemessen, wie es sich hinter dem kleinen zu prüfenden Donauweibchen kräuselt.

Hat es die Form und Größe einer Seerose, drehen sich alle Donauweibchen erleichtert einmal um die eigene Achse, was meist zur Überflutung einer dieser neuen Uferpromenaden führt.

Um die Manufaktur mit den sich nach unten verjüngenden Konturen und Fenstergittern, deren nach außen gerichtete scharfe Dornen aus Metall bei gutem Lichteinfall in allen Rottönen schimmern, haben sich im Lauf der Zeit Pflanzenwurzeln und Plastikfäden gewoben. Die scharfkantigen Reste der bunten Glasscheiben sind so nicht mehr zu sehen. All diese Fäden, Pflanzen, Metallteile, Flaschen, Taue, Säcke, Ketten und Tonnen bilden einen schimmernden, sich zart mit der Strömung bewegenden Kokon um die Manufaktur, lassen sie weich und freundlich aussehen. Sie klackern harmlos wie die Maste der Segelboote an der alten Donau bei Wien und können doch Gitter sein, Netze, Lebendfallen, Guillotinen, in denen schon viele ihresgleichen umgekommen waren. Nie würde sie ihr erstes Durchschwimmen vergessen. Bis dahin hatte ihre Welt vor der Manufaktur geendet, danach wurde sie zum Tor ihrer Freiheit.

Auch im Gebäude verfangen sich übers Jahr die seltsamsten Gegenstände zwischen den ineinander verkeilten Maschinen und Werkbänken. Erst wenn mit der Schneeschmelze das Hochwasser kommt, sehen die großen Werkräume mit ihren gußeisernen Säulen und Dachkonstruktionen, die hier den Boden bilden, für ein paar Monate geputzt aus. Sämtliche Knochen, die immer wieder in noch nicht erforschten Räumen auftauchen, werden in einem ausrangierten Betonmischer gesammelt. In einem mit Hasendraht vergitterten Verschlag schwimmen hunderte abgeschlagene emaillierte Trinkbecher und verbeulte Teller, rostiges Besteck, Rasierpinsel, Brillengestelle und Tausende von Knöpfen. Vor vielen Jahren ist das alles, zusammen mit riesigen Säcken voller Kleidungsstücke, von Lastwagen in den Fluß gekippt worden. Die Kleidersäcke sind, so die Überlieferung, in der Strömung aufgegangen und die Oberfläche des Flusses muß wie von bunten Blumen überwuchert ausgesehen haben. Die damaligen Menschen standen gaffend am Ufer.

Aber das sind Geschichten, und manchmal ist sie nicht sicher, ob die Erinnerung der Alten genaueren Nachfragen standhalten würde. Obwohl, wer sollte sich so etwas wie einen Kleiderteppich auf dem Fluß ausdenken.

Eine Luftblase, so groß wie eine Kapelle, ist der wertvollste Schatz dieses in den Fluß geworfenen Museums. In dieser Luftblase liegen zwei Menschen in einem mit Vorhängen und einem Baldachin geschmückten Bett in inniger Umarmung. Je nach Strömungsstärke sind sie zu sehen oder verdeckt von den wehenden Stoffen. Nackt scheinen sie sich seit Jahrhunderten im Spiel umeinander zu drehen. Sie sind mit einem rotsilbernen Band aneinandergebunden.

Schon als kleines, gerade initiiertes Donauweibchen hatte sie sich nie entscheiden können, welchen von beiden sie schöner fand, die Frau mit ihren weichen Hügeln oder den Mann mit seinen langen Gliedern und Haaren an den seltsamsten Stellen. Einmal, in einem kalten Winter, war sie von außen an dieser Liebsluftblase festgefroren vor unbestimmter Begierde und Sehnsuchtsgefühlen. Nach ihrer Rettung hatte der Ratschlag der Donauweibchen sie in die Welt geschickt. Sie sollte jetzt alles selbst herausfinden. Mit dieser ihrer Ansicht nach pubertären Todessehnsucht wollten sie nichts zu tun haben.

Vorsichtig schwimmt sie auf die Biegung zu, ständig die Markierungen memorierend. Da, ein alter Weinbehälter der Winzergenossenschaft, danach müßten die Wasserwurzeln der Weide kommen, die sich vor einem Straßenbau ganz in den Fluß zurückgezogen hat. Hier wohnen die Wasserratten und hier ist genau die Stelle, von der aus Sisi, die zukünftige Kaiserin von Österreich, 1854 den ersten Blick auf die Wachau hatte werfen können, bevor sie sich weiter nach Osten einschiffen ließ.

Die Manufaktur ist nicht mehr da. Nur ein Haufen Bauschutt, aus dem ein paar verbogene Eisenträger vorstehen.

Wahrscheinlich hat eines dieser großen Schiffe, von ahnungslosen Konstrukteuren ausgedacht und gehetzten Kapitänen geführt, die Manufaktur gerammt.

Schiffskonstrukteure sind seit jeher ein Reizthema in Donauweibchenkreisen. Sie gelten als bedauernswerte und gleichzeitig gefährliche Trottel, die keine Ahnung von anderen Welten, von Halbwelten oder Unterwelten haben. Ausgestattet mit hochtechnisierten Joysticks und den entsprechenden finanziellen Mitteln und Lobbies gelingt es ihnen immer wieder, einen Fluß in seinem Bett zu einer wasserführenden Rinne zu degradieren. In eine lächerliche Wasserfläche, die weder von oben noch von unten als Fenster in die andere Welt benutzt werden kann.

Zögernd schwimmt sie über dem Häuflein auf der Stelle. Nie mehr wird sie das Liebespaar in seiner Luftglocke anstaunen können.

Traurig und schlechter Laune befreit sie den Kadaver einer Kuh aus einem Treibholzkreisel am Steilufer. In den Hörnern hat sich ein glitzerndes Band verfangen. Sie schleppt das von Faulgasen aufgeblasene Tier ins Flache.

Auf dem Uferweg stehen Menschen mit Fahrrädern und großen Taschen, alles an ihnen ist bunt. Sie halten sich Tücher vors Gesicht. Je näher sie mit der Kuh schwimmt, desto weiter, fast panisch weichen die Menschen zurück. Aber nicht weit genug, als daß sie nicht den Lustekel in ihren Augen sehen könnte. Ja, alle, außer transzendenten Wesen riechen, wenn sie tot sind, und sie bedauert die Menschen, die im Vorgeschmack ihrer eigenen Verwesung am Ufer stehen und doch glauben, auf Rädern ihrer Bestimmung als Materie davonfahren zu können.

Jetzt hat sie es geschafft, die Kuh an ihren Hörnern mit dem rotsilbernen Band am Landungssteg der Schiffahrtsgesellschaft festzubinden. Mit der Flosse schneidet sie den Rest des Bandes ab und wickelt es sich ums Handgelenk. So hat sie wenigstens noch eine Erinnerung an die Königskinder. Im Wegschwimmen kann sie den Knall hören, mit dem der Bauch der Kuh explodiert. Eine schöne Bescherung für die Donauuferradler, wenn gleich die stinkenden Eingeweidefetzen auf den karierten Tischdecken der Heurigenlokale aufprallen werden.

Normalerweise wäre sie jetzt für Stunden gut gelaunt und bereit für andere Neckereien. In früheren Zeiten hatten Donauweibchen den Wäscherinnen, die sich an den Wäscheplätzen plagten, Wäschestücke vertauscht oder Waschzuber verschwinden lassen. Die Frauen, die mit der Schmutzwäsche anderer ihr Geld verdienen mußten, taten ihnen aber auch leid und so sangen sie ihnen manchmal schöne Lieder vor oder bewegten das Wasser, sodaß es wie Samt und Seide aussah. Wenn ein besonders hübsches Mädchen dabei war, das sich mit der schweren Arbeit schon früh die Hände ruinierte, waren die Donauweibchen voll Erbarmen.

Sie spiegelten ihm die Welt unter Wasser vor, Zimmer aus Korallen und Perlmutt, Betten aus Schlingpflanzen, Kleider aus glitzernden Fischhäuten und Schmuck aus den Lichtflecken der Sonne. Manchmal beugte sich ein Mädchen ganz weit vor, um diese Herrlichkeiten besser zu sehen oder griff danach.

Wäre sie doch eine von uns, dann könnte sie jetzt schwimmen, wohin sie wollte, seufzten dann die Donauweibchen.

Aber so mußten sie aufpassen, daß das Mädchen nicht ins Wasser fiel. Schweren Herzens aktivierten sie ein paar kleine Flußungeheuer, das Mädchen schreckte zurück und war so vor dem Ertrinken gerettet.

Die Tränen der häufig traurigen Wäscherinnen fingen die Donauweibchen auf, füllten sie in winzige geschliffene Glasflakons und trugen sie als Schmuck. Auch sie hatte einige dieser kostbaren Flakons geerbt und trägt sie ständig an einer Goldkette.

Schon lange gibt es keine Wäscherinnen mehr am Fluß, kaum Fischerboote, nur die großen Schiffe mit Metallschrott, Diesel, Holz, oder voll mit Menschen, die von Passau oder Linz bis Budapest fahren wollen.

In der Abenddämmerung erreicht sie eine Flußbadeanstalt.

Das große hölzerne Portal steht auf einer Wiese, dahinter im Halbrund Reihen von frisch gestrichenen Holzhäusern auf kleinen Stelzen mit verglasten Veranden.

Von Mai bis in den Herbst hinein lagern braungebrannte ältere Frauen am sandigen Ufer, mit Sonnenschirmen und kleinen Tischchen, an denen sie Karten spielen und ihren Nachmittagskaffee aus Thermoskannen in unzerbrechliche Tassen gießen.

Oft hat sie sich unter den Weiden, die hier ins Wasser hängen, versteckt, um ihnen zuzuhören und die Systeme zu begreifen, nach denen diese Frauen ihren Tagesablauf gestalten und vor allem das Kartenspiel hätte sie zu gerne einmal auf einem der Tischchen aufgelegt gesehen.

Während eines plötzlich einsetzenden Gewitters blies eine Sturmböe einmal einen Schwung Spielkarten aufs Wasser und während die braunen Frauen ihren Sonnenschirmen, Badetüchern und Zeitschriften nachliefen, hatte sie die auf der Wasseroberfläche treibenden Karten eingesammelt. Ein paar Minuten später waren die Frauen vor dem Regen geflüchtet und sie hatte es gewagt, vor Einbruch der Dunkelheit ans Ufer zu schwimmen.

Die Karten lagen vor ihr im Sand. Piquedame, Herzbube, Kreuz-Ass und hier, diese Kombination, mußte ein Full Flash sein, das die braunen Frauen so sehr in Entzücken versetzte. Sie war so vertieft in die Entzifferung der Spielkarten, daß sie den Mann, der sich im strömenden Regen auszog, erst bemerkte, als er mit einem freudigen Seufzer ins Wasser stieg und stromaufwärts kraulte. Sie beobachtete, wie sein Kopf minutenlang auf der Stelle wackelte und er mit Schmetterlingsschlägen gegen die Strömung schwamm. Weiter oben schlugen Blitze ein, die den Strom strahlend hell und die Aulandschaft durchsichtig blau erscheinen ließen. Bei jeden Blitz sprang der Mann einen halben Meter aus dem Wasser und juchzte.

Doch dann konnte sie seinen Kopf nicht mehr sehen. Er würde abgetrieben werden. Wäre es nicht herrlich, ihn im Fluß zu behalten? Hatte er nicht vor Freude gelacht, als er ins Wasser stieg und mit den Wellen gespielt und gekämpft?

Aber konnte das gut gehen?

Würde er nicht Heimweh bekommen nach seinesgleichen wie der Andere, den sie vor einigen Jahren mit ins Wasser genommen hatte, weil er sie nach einer ausufernden Liebesnacht darum bat?

Sein Unglück beschäftigte wochenlang dutzende Donauweibchen. Es war sehr schwer gewesen, seinen Status in der Flußwelt zu definieren. Die Donauweibchen sind die einzigen Wesen, die noch im Fluß siedeln und Helmut meinte, er sei als Solitär zu betrachten.

Irgendwann hatten sie ihn dann aus dem Autowrack, in dem er, umgeben von Computerschrott schlief, vorsichtig herausgezogen und ihn an einem der schwimmenden Restaurants an der Wiener Copa Kagrana aus dem Wasser gehievt. Ein paar schwere Goldketten aus dem Flußfundus bekam er als Starthilfe für sein neues Leben um die Hand gebunden.

Diesen würde sie also herausholen. Sie mußte nur sehen, daß sie ihn vor Wien erwischte, denn dort wurde alles sehr unübersichtlich durch die vielen Verzweigungen des Flusses. Sie tauchte schnell die Ufer ab und wirklich hatte er sich mit all seinen Kräften an einer Wasserwurzel festhalten können. Als sie ihn berührte, wehrte er sich und schlug um sich. Sie drückte ihm kurz die Luft ab und löste seine verkrampften Hände von der Wurzel. Dabei fielen ihr seine langen feinen Finger auf, die schmalen Nägel waren schon blau angelaufen. Ein paar Minuten später schleifte sie ihm am Kritzendorfer Bad aus dem Wasser. Das Gewitter war inzwischen flußabwärts gezogen, der Regen wurde schon weniger und der Abendhimmel avisierte eine milde Nacht. Der Mann lag leblos im nassen Sand.

Er sah dem Spielkartenherzbuben der braunen Frauen ähnlich, ein langes Gesicht mit hohen Brauenbögen und ein schmaler Körper mit langen Gliedmaßen. Sie mußte ihn berühren, seinen Körper erforschen. Als sie fasziniert und aufgeregt über die Haare auf seiner Brust streichelte, sie hatte so etwas noch nie gespürt, fing er plötzlich an, sich zu bewegen.

Mir ist so kalt, wärme mich.

Ich kann dich nicht wärmen, ich bin kalt.

Sie begann, ihn zu küssen und irgendwann spürte sie seine heiße Hand auf ihrem Leib. Sie genoß es, seinen immer heißer werdenden Körper zu liebkosen und er konnte nicht fassen, daß ihr Körper unter seinen Berührungen nicht aufheizte. Gleichzeitig kam es beiden vor, als ob die Temperaturdifferenz ihre Lust aneinander steigerte.

Als sie endlich ineinander sanken, schrien sie beide. Er, weil ihn ihre Kälte brennend umschloß und sie, weil seine Hitze drohte, sie aufzulösen. Sie hatten sonst nichts gesprochen über Stunden, und als irgendwann der Mond sich mißfarbig im Wasser spiegelte, war es für sie höchste Zeit, in ihr Element zurückzukehren, wollte sie weiterexistieren.

Er bat sie, bei ihm zu bleiben.

Wenn ich nicht bald im Wasser bin, muß ich sterben.

Vor Schreck warf er sie im hohen Bogen in den Fluß. Und so kam es, daß sie, er im Sand hockend und sie im Wasser liegend, sich überlegten, wie sie trotz ihrer Unterschiedlichkeit zusammenkommen konnten.

Daraus hatte sich eine Liaison entwickelt, deren Heftigkeit von den anderen Donauweibchen mit Besorgnis registriert wurde. Immer wieder versuchten sie, ihr klar zu machen, daß es für sie beide immer gefährlicher werden würde. Das Lebenselement der Einen würde den Tod des Anderen bedeuten und eine Entscheidung sei deswegen nicht möglich.

Schon wieder hat sie Sehnsucht nach ihrem Geliebten. Wenn er nicht immer davon anfangen würde, wie schön es wäre, einander einmal im Bett seines Hauses zu lieben, in richtiger Bettwäsche und nicht immer unter Büschen im Sand oder auf den Böden aufgelassener Flußwirtshäuser. Dabei träumt sie davon, einmal mit ihm auf dem Fischotterbett im roten Korallenzimmer zu liegen und sein Erstaunen über den Vorhang aus Forellenlaich zu sehen, der bei heller Sonne den Raum abdunkelt. Aber sie weiß, daß er eine solche Nacht nicht überleben könnte.

Jetzt ist der Strand des Flußbades leer, der regnerische Herbst hat die gebräunten Frauen schon vor der Zeit in ihre Stadtwohnungen zurückgetrieben. Die ersten russischen Saatkrähen inspizieren den Flußsaum und die schweren Metallpapierkörbe, die auf der Wiese rund um das Holzportal in undurchschaubarer Anordnung aufgestellt sind. Am Kiosk knattert noch die Eisfahne, obwohl das ganze Häuschen schon mit wasserblau lackierten Spanplatten vernagelt ist.

Sie schwimmt ans Ufer. Warum sollte es nicht möglich sein, hier, in einem Flußhaus, mit dem Geliebten zu leben. In einem Haus auf Stelzen, und im Schlafzimmer gäbe es ein Bett, das halb im Wasser, halb im Trockenen stände.

Sie vertreibt ein paar Enten aus ihren Sandkuhlen und legt sich selbst hinein. Sie streicht über ihre silber- und goldgeschuppten Hüften.

Vielleicht sollte sie für einige Zeit weiter flußabwärts ziehen. Von der Budapester Gegend hat sie schon viel Interessantes gehört. Sie kennt bis jetzt eigentlich nur die Margareteninsel, die Erzsebet- und die Kettenbrücke und davor, bei Györ, einen angerosteten Panzerfriedhof, der neben dem Fundament einer Brücke langsam einsinkt und bei Hochwasser pfeifende, metallische Geräusche hören läßt.

Unglücklich wälzt sie sich die Böschung entlang. Wie soll sie sich entscheiden?

Flußabwärts nach Budapest, flußaufwärts nach Linz?

Die Enten, die eine Zeitlang abgetaucht waren, kommen wieder schnatternd ans Ufer. Hinter ihnen sieht sie plötzlich ihren Geliebten. Sehnsüchtig streckt sie ihm ihren Leib entgegen und streichelt seinen Kopf. Sie will ihn endlich mit ins Korallenzimmer nehmen, ihn auf dem Seeanemonenbett lieben. Sie will ihn auf sich ziehen, aber sie hält nur seinen kalten Kopf in den Händen. Er hat keinen Körper.

Die Strömung hat ihr nur den Kopf nachgetrieben.

Mit ihrer Flosse macht sie einen langen Schnitt quer über ihren Bauch. Wie gut, daß sie kalt ist und nicht blutet wie die Menschen. Oder wäre es jetzt besser, Blut zu haben, um ihn zu wärmen? Sie zwängt den Kopf des Geliebten durch den Schnitt in sich hinein und vernäht ihn mit dem roten Faden des Erinnerungsbandes. Den silbernen Faden muß sie aufbewahren, um den Kopf wieder an seinen Körper zu nähen. Als sie nach einigen Stunden in Linz an der Urfahrer Lände ankommt, bemerkt sie Lichter, Motorboote mit Scheinwerfern auf dem Wasser, hört Hundegebell und diese lauten Männerstimmen, die sie aus dem Umkreis von Flußkatastrophen kennt. Der Körper des Geliebten liegt aufgebahrt unter hellen Lampen im Schrebergarten neben dem Holunderbusch. Menschen stehen um ihn herum. Wie soll sie jetzt seinen Kopf wieder annähen? Sie schneidet vorsichtig mit der Flosse ihre Bauchnaht auf. Zärtlich stupst sie den Geliebten an und will ihn aus sich herausheben. Das geht nicht, sie zieht, reißt, schimpft, packt ihn an den Haaren. Der Kopf ist in ihr angewachsen.

Wach auf, wach auf.

Ich kann nicht. Ich muß den Kopf noch annähen, siehst du nicht daß er falsch herum ist, ich muß alles wieder auftrennen.

Komm zu dir, bitte, wo kommt all das Blut her?

Wo ist Blut, ich brauche Blut für ihn.

Von wem sprichst du, bitte wach auf.

Ich hätte ihn nicht allein lassen dürfen, aber ich hab es nicht gemerkt, daß sein Kopf mir nachgeschwommen ist. Und dann war es zu spät.

Du bist kalt wie ein Fisch.

Ich bin ein Fisch.

Ich bin plötzlich aufgewacht und du warst nicht da. Du hättest ertrinken können.

Was ist das für ein Kopf? Von welchem Kopf sprichst du?

Du sollst nicht baden, wenn du müde bist.

Foto: E. Messer, Donau – Budapest

Günther Poidinger

Du Donau!

Versuch einer Auseinandersetzung mit einem gesamteuropäischen Strom, der eigentlich stets nur privat sein wollte.

"Du, Donau?!", war meine Frage. "Warum tust du so herum mit deinem Ursprung im Schwarzwald? Immer öfter kommt man dir hinters Quellenschwindeln. Ist das seriös für eine so historische Person? Woran soll man sich halten? Wo du eingehst ins Meer, weiß man. Warum aber weiß man noch immer nicht, woher du eigentlich kommst? Warum entdeckst du dich nicht?"

Zunächst schwieg die Alte, die ich in Donaueschingen erwischte, wo ihre Schmähquelle verehrt wird. Ich hab ja schon gewußt, daß ich aus ihr nichts raus bringe. Zumindest nichts Klares. So über Brieg und Breg und ihre anderen angeblichen Quellen. Die irgendwo entspringen, dann wieder verschwinden, schließlich wieder auftauchen, dann abermals untertauchen, je nach der neuesten einschlägigen Wissenschaft.

Aber in Donaueschingen kommt sie zu sich selbst, immerhin. Nun aber schwieg sie dort, im Quellbrunnen, innerlich glucksend. Also setzte ich nach: "Beim Rhein ist das klar. Der entspringt in der alpinen Schweiz, grenzt Deutschland von Frankreich und geht in Holland meerwärts. Was für ein Mann in seiner eindeutigen Klarheit! Und was für eine unsichere Herkunft bei dir: Woher kommst du eigentlich, du Fließende, Schöne?"

Der Verweis auf den Rhein wirkte offenbar. "Ach, der alte Fratello, der schlappe", sagte sie dann endlich. "Ein Mann, was soll ich weiter noch meinen? Er ist straight und hat politisch keine Ahnung. Höchstens mit dem Saarland. Sonst aber ist er stupid wie alle anderen Herrenflüsse. Was ist das schon gegen unsereins als Flußweib? Ich hab immerhin neben seinem Deutschland noch Österreich, die Slowakei, Ungarn, Kroatien, Serbien, Bulgarien und Rumänien anliegen. Der Papa soll schweigen und schaun, daß er endlich wieder rein wird.

Ich lachte gefließentlich über das Wortspiel und setzte dennoch nach: "Hast du nie politische Ambitionen gehabt?". Worauf sie kudernd lachte: "Was soll das, bei meiner Vergangenheit? Ich war schon immer quer national und lege Wert auf die Feststellung, daß ich von allen Strömen Europas nach wie vor der privateste sein möchte."

"Und die Habsburger aus der Schweiz?", setzte ich noch nach.

"Ach die von der Aare, eine Raubrittermischpoche damals, die sich dann über den Rhein auf mich gesetzt und so getan haben, als wäre ich die Trägerin ihrer Monarchie! Vergiß sie! Ich will nimmer länger damit mißbraucht werden!".

Bevor die Dame gleich nach Donaueschingen wieder einmal in irgendeinem Ursprung verschwand, und nachdem sie mir noch ein Privatissimum über die undamenhaften Begriffe wie "Entspringen", "Hervorbrechen" und auch wieder "Ursprung" geschenkt hatte - für echte Damen Flüsse sei nur der Begriff "Quelle" statthaft, in seiner nymphäisch-klassischen Definition -, entließ sie mich mit einem Hinweis auf das Buch "Die Donau" von Claudio Magris. Der sei wohl ein ferner Triestiner, habe sie aber recht glaubhaft und auch sehr hübsch beschrieben darin.

Und damit war die gute Frau wieder weg. Bis Ulm, wo ich sie schwäbisch-bayrisch als versöhnenden Grenzfluß, die Iller aufnehmend, wieder fand. Schiffbar sozusagen sei sie von Ulm ab, heißt es. "Ach, die alten Schachteln", warf sie achselzuckend weg. Ebenso mag sie, versicherte sie mir, die Walhalla bei Regensburg. "Da haben sie mir ein Stück Rhein und Superdeutschland an den Uferpelz gesetzt, an dem ich bisher vergeblich herumkratze. Ein ekliges, nationales Tempelgeschwür!"

Vorher, bei Kehlheim, ist ihr die Schwester Altmühl schon entgegengekommen. Deren Solnhofer Schiefer und Archäopteriden sie stolz als Einflußnahme akzeptiert. Immerhin wurde sie damit eine Nichte der Lithographie. Und künstlerische Verdienste habe sie alleweil lieber als die politischen.

Die Papismen in Regensburg und Passau, sagte sie mir beim weiteren Verlauf zwischendurch, schätze sie weniger. Hingegen umso mehr dann wieder die österreichische Wachau. Weil dort könne sie der rheinischen Loreley die Venus von Willendorf entgegensetzen, die viel dicker und älter und weiblicher sei. "Das Willendorfer Weibsstück braucht sich nicht ständig zu kämmen, es hat eine erdige und damit uferständige Frisur. Und damit basta!"

Ferner ginge von der Willendorfer Venus höchstens die Gefahr aus, daß man sich bei den benachbarten Stern- und Haubenköchinnen den

Magen allzu voll füllen könne. Aber dagegen hätte sie den Riesling an ihren Ufern schon prophylaktisch wachsen lassen.

In Wien allerdings fühle sie sich wieder etwas weniger Zuhause. Ihr Hauptlauf sei durch eine stinkende Insel geteilt und ihr Nebenlauf sei ein dunkles Abgetriebensein. Sie wehre sich vergeblich dagegen, der Stadt ihren Namen zu geben. Auch wenn man ihr Nordufer durch Wolkenkratzer erhöhe.

Außerdem habe sie etwas Vehementes dagegen, daß sie auf einmal dort "Alte Donau" heiße, wo doch vor ihrem Strömen noch ein paar weitere Kilometer stromabwärts lägen, nebbiche etliche tausend dazu noch. Deren schönstes Ufer sie allerdings dann bei Budapest hätte. "Nein sowas Schönes wie Budapest am Ufer, und seine Brücken!", schwärmt sie. Und vorher noch von Szentendre und Visegrád.

Um sich von Mitteleuropa zu verabschieden.

Vom Balkan will sie eher wenig wissen. Weil die Kriege dort sie verschandelt haben. Gegen ihre Ufer bei und hinter Belgrad hat sie was. Die stinken nach Bomben und Krieg. Bis ins Eiserne Tor hinein. "Das ist ein Name, der eher zum Deutschen Eck bei Koblenz am Rhein paßt", sagt sie nur seufzend. Nachdem sie durch die Enge mit einigem Schwall ständig durchkommt.

Dann aber, hinter Turnu Severin, kriegt Madame wieder freien Lauf. Unten Bulgarien, oben Rumänien. Vorbei an Ruse, wo Canetti zur Welt kam. Bis Konstanza, wo Ovids Exil war. Und mitten durch die Dobrudscha bis fast Moldawien hinauf wieder. Aber:

"Monsieur, sie haben damit eine letzte Internationalität von mir eingangs nicht erwähnt, eben die Moldawische. Wenn Sie als Österreicher wollen, also die Bessarabische!". Ich neige mich vor der Dame im Eingeständnis meines Fehlers. Und sie genießt nicht nur meine Entschuldigung, sondern auch ihr fast uferloses Dahinfliessen in den Pontus und seine Geschichte gegenüber. Vom Goldenen Vließ und dem oströmischen Reich übers Meer. Damit kriegt Madame auch was Levantinisches.

Das Merkwürdige ist, daß ich mit der Donau nie übers Politische geredet habe. Mit dem Rhein habe ich ständig ideologische Auseinandersetzungen. Mit ihr habe ich keine gehabt.

Vielleicht hat das was damit zu tun, daß der Rhein einfach ufermäßig beschränkt ist und außerdem noch aus der engen Schweiz kommt.

Während die Donau schon allein quellenmäßig unsicherer Herkunft ist und dann immer internationaler wird.

Daß der Rhein - um diesen Antagonismus noch weiter zu führen - ein streitbarer Flußmann ist, während die Donau eine vergleichende Flußfrau ist, die das Fluide letzten Endes auch des Österreichischen erfaßt. Des Wienerischen halt, zwischendurch.

"Schätzchen", sagte sie mir dann, "du hast eigentlich keine Ahnung. Du glaubst, weil du am Gänsehäufel gern nackert meine Fische an deinen Fersen nagen läßt, kennst du mich schon? Gib schon zu, daß es lächerlich ist. Und erkenne, daß ich noch viel schwieriger bin als sämtliche andere Männer- und Frauenflüsse Europas".

Und dann lud sie mich ein, wieder einmal bis mindestens Donaueschingen. Wo ich doch jetzt schon begriffen habe, daß die Dame einfach ein Symbol für das neue Europa ist. In ihrer Ausufrigkeit zum Osten hin.

Evamarie Taferner

Der Überführer

Aufatmend springt Klara vom Rad. Sie hat es geschafft, ihre Familie abzuhängen und als erste in Brandstatt am Strom zu sein.

Ferienbeginn. Klara steht wieder einmal glücklich an der Donau. Für sie die Heimat schlechthin. Das Internat im Salzkammergut liegt hinter ihr. Wie schön es dort sei, sagen alle. Klara gibt ihnen recht. Aber nur für kurze Zeit!

Wie schnell ihr trotz aller Schönheit der Berge der Himmel so eng wird. Ein Wunder, daß Sonne und Mond überhaupt an ihm noch Platz finden! Kommen ihr die unfruchtbaren, nacktsteinigen Felsen nicht feindselig entgegen?

Heim will sie, heim zur Donau. Hier fühlt sie sich wohl. Sie liebt diese Weite, sie läßt ihr die Freiheit, die sie braucht.

Dort, wo Klara nun steht, können ihre Augen über Himmel, Strom und Auen schweifen. Nichts stößt sie zurück. Nichts Liebliches ist hier am Strom. Weder die Farbe, noch das Rauschen, auch nicht die Schotterbänke am Ufer mit dem Bewuchs von Weiden, Erlen und Pappeln. Hier, gerade in Brandstatt, ist wirklich nichts Außergewöhnliches zu sehen.

Aber die Donau braucht keine zusätzlichen Höhepunkte. Sie ist sich selbst genug! So auch das Land, das sie prägte. Viel haben ihr die Bewohner schon abgerungen. Doch die Auen läßt sie sich nicht nehmen. Wild, teilweise fast unzugänglich, begleiten sie ihren Lauf. Der letzte Urwald unseres Landes, ein Labyrinth restlicher Flußarme, Gräben, künstlicher und natürlicher Inseln, Mündungen von kleinen Bächen, die sich oft in Gebüschen und Sümpfen verlieren. Ständig ist die Au durch die wechselnde Wasserhöhe der Donau irgendwelchen Veränderungen ausgesetzt.

Klara wandert oft mit ihrer Familie durch die Au. Besonders im Frühling. Hier, im feuchtwarmen Dunst sprießt das Grün mit den Frühlingsblumen schon zart und schön, wenn überall noch die Eintönigkeit der zurückgelassenen Winterbleiche liegt.

Oft ist das Vertraute anders geworden, der Pfad, das Rinnsal, die alte Weide. Dadurch ist ein Auspaziergang immer abwechslungsreich und nie langweilig.

Man spürt zwar die Nähe der Donau, sieht sie aber noch nicht. Dann, im Weiterwandern ein gedämpftes Rauschen, lauter und lauter, ein paar Schritte noch, da glänzt die breite, bewegte Wasserfläche des uralten Stromes auf.

So, wie sie auch jetzt vor ihr liegt. In diesem Augenblick stößt die Fähre vom anderen Ufer ab. Nicht lange, dann wird sie in Brandstatt anlegen, gerade dort, wo Klara steht. Ein breiter, leicht abfallender Steinweg ermöglicht auch Autos und Fuhrwerken das Benützen der Rollfähre.

Bis es soweit ist, wird auch ihre Familie eingetrudelt sein!

Nun sind sie da. Je nach Alter und Temperament springen sie schwungvoll ab oder sie steigen etwas steif und bedächtig von den Rädern. Die Jungen lachen und blödeln. Klaras Bruder führt wieder einmal große Sprüche. Er ist der einzige Junge zwischen fünf Mädchen. Die Alten haben sorgenvolle Gesichter. Klara hört noch Worte wie: "Hoffentlich kein Krieg, das wäre das Schlimmste, Krieg hat noch nie eine Lösung gebracht, Hitler scheint zu allem entschlossen."

Klara erschrickt. Sind sie schon wieder beim Politisieren, öd ist das! Ob das den ganzen Tag so dahin geht? Da ruft sie schnell: "Die Überfuhr kommt", damit hat sie dieses schreckliche Thema unterbrochen.

Sie wirft einen Blick auf ihren Vater und ist zufrieden. Sie weiß, daß seine gute Laune bis zur Rückfahrt anhalten wird. Sie mag nicht, wenn sein Mund schmal wird und die Güte in seinen Augen verschwindet, die sonst in ihnen zu spüren ist.

Der Grund manchen Ärgers liegt beim Fährmann, von den Leuten einfach "Überführer" genannt. Die ihn kennen, sagen "Lois" zu ihm, der Überführer Lois, ja, so nennt man ihn.

Der Vater verwaltet den Betrieb der Rollfähre. Er fühlt sich daher für alles verantwortlich. Für die Benützer der Fähre, den Fährmann, mehr noch für dessen Familie.

Das Übel ist, daß Lois so gerne trinkt! In den oft längeren Stehpausen, während er auf Kundschaft wartet, wird sein Durst immer riesengroß. Er weiß ganz nahe zwei gute Gasthäuser hinter sich. Männer, die am Wasser arbeiten, haben nun einmal Durst. Warum sollte er ihn nicht mit dem ausgezeichneten Most löschen, der dort ausgeschenkt wird?

Unangenehm ist es nur, wenn schon Kunden warten. Dann holt ihn der Vater, sehr ungern, vom erhöht liegenden Gastgarten. Alle sind verlegen, der Vater, der Lois, auch der Wirt, das merkt Klara an seinem Gehabe.

Der Schuldige aber steigt breitbeinig, mit leicht schwankendem Seemannsgang herab von seiner Höhe. Das violette Gesicht und die glänzenden Augen spiegeln noch den empfundenen Genuß. Doch die Verlegenheit überdeckt ihn bereits. Nun setzt Lois seine abgegriffene Kapitänsmütze auf das kleingelockte, blonde Haar. Ab nun ist er im Dienst. Verschmitzt schaut er in die Runde, um seine Fahrgäste zu testen. Ob sie ihm sein Verhalten verzeihen? Durch besonderen Eifer versucht er wieder alles gut zu machen.

Ja, so ähnlich hat es Klara schon öfter erlebt. Aber heute ist es anders. Sie ist froh darüber.

Das Fährschiff hat nun die Mitte der Donau hinter sich. Ein Ochsenwagen wird übergesetzt. Noch ist er leer. Bei der Rückfahrt wird er schwer beladen sein. Klaras Großvater hat die Rollfähre erbauen lassen. Lastauto und Frächter gab es kaum. Sie waren nicht billig. Der Weg über Aschach ins Mühlviertel ist für die Bauern lang und umständlich. Die Fähre in Brandstatt liegt in gerader Linie zwischen Wels, Eferding, hinüber nach Feldkirchen und weiter. Viel Zeit und Mühe wird gespart.

Frisch schlägt dem Mädchen die Luft von der Donau entgegen. Unverkennbar ist der Geruch nach Fisch und Schlick. Bald wird sie noch den Teergeruch und den von den sonnenbeschienenen Holzplanken des Bootes in der Nase haben.

Klara denkt an die Zeit, da sie noch kein eigenes Rad hatte. Auf Vaters Rad war auf der Stange ein kleiner Sattel angebracht. Vorne, zwischen seinen Armen hatte sie ihren Platz. Nun hat sie das Rad ihrer Schwester bekommen. Sie ist selbständig. Klara kann nun fahren wie schnell sie will, neben wem sie will. Dafür muß sie auf ihre Fahrweise achten. Aber spätestens bei der Kapelle wird sie auf die Eltern warten.

Jetzt aber rauscht schon der Mutzen daher! Mit geschicktem Steuern hat ihn der blitzblauäugige Fährmann am Ufer angelegt und vertäut. Es ist früh am Morgen. Lois ist noch nüchtern! Rumperdipumper poltert der Ochsenwagen über die Schiffsbohlen. Es klingt wie langsam verhallender Donner schlag. Geradewegs unter Klara, auf dem dafür angelegten Fahrweg, kommt der Bauer mit seinem Fuhrwerk angekarrt. Da der Mutzen an seinen jeweiligen Enden die gleiche Breite hat, gibt es beim Ein- und Ausfahren keine Schwierigkeiten. Aber das Rindvieh scheint froh zu sein, wieder festen Boden unter den Hufen zu haben. Klara sieht seine angstvoll verdrehten Augen und das Tier tut ihr leid.

Nun ist genug Platz für die Familie und die anderen Fahrgäste. Die Jugend voraus. Es trappelt und poltert aufs Neue. Klaras Bruder stampft und springt absichtlich. Er kann nicht anders, er will auf sich aufmerksam machen. Doch der Mutzen liegt behäbig und vertrauensvoll im Wasser. Nun versucht er, das Schiff ins Schwanken zu bringen. Vergeblich. Vater braucht nicht einmal warnend auf ihn zu blicken.

Dafür versucht Karl nun flache, runde Kieselsteine, die er gesammelt hat, auf dem Wasser springen zu lassen. Klara versucht, es ihm gleich zu tun. Gönnerhaft zeigt er ihr, welche Steine die besten sind. Entscheidend ist die Kraft des Wurfes und die Handhaltung dabei. Der Bruder lächelt nur über Klaras Versuche.

So setzt sie sich dorthin, wo das Gierseil befestigt ist. Hier kann sie alles überblicken. Noch eilen einige Leute daher. Auch ein Motorradfahrer in Ledermontur ist dabei.

Lois ist nun der Mittelpunkt. Das Großartigste an ihm ist auf alle Fälle seine verschossene Schildmütze. Diese, und die ebenfalls verblichene, schwarzgrau verfärbte Lederumhängtasche machen aus ihm den Befugten, geben ihm die Macht in diesem Boot. Hier verwahrt er die verschiedenfärbigen Fahrkarten und das Geld.

Nun scheint das Boot endgültig voll zu sein. Lois löst mit seinen kräftigen Händen die Befestigungsseile und läuft hastig hin und her. Irgend jemand ist ihm immer im Weg. Mit einer Stange stößt er das schwerfällige Schiff vom Ufer ab. Er stellt das große, schwere Steuerruder so, daß die Fähre wie auf Befehl in die Strömung gleitet. Nun spannt sich das Metallseil, das bis jetzt schlapp durchhängend im Wasser lag.

Wie stark dieses Seil wohl sein mußte, diesem Zug gegen die gewaltige Strömung stand zu halten! Klara blickt auf die Rolle, in der es hängt. Ähnlich einem Weberschiffchen fährt sie auf dem Standseil, das zwischen den Ufern über den Strom gespannt ist, hin und her.

Wie er da steht, der Lois, als Kapitän! In seinen ausgebeulten, hohen Schuhen, ohne Socken, mit der langen, abgewetzten Hose, die auch einmal festlichen Ereignissen gedient hatte, ebenso wie das gestreifte Hemd, ohne Kragen, verschwitzt, die Ärmel aufgekrempelt bis zu den Ellbogen. Darüber aber noch die unvermeidliche ärmellose Weste, vorne grün, am Rücken aus glänzendem Futterstoff mit einer angenähten Schnalle, um sie weiter oder enger schnüren zu können. Fast nur aus Muskeln besteht er, der Lois.

Er hat das Steuerruder in eisernem Griff. Aber sein Blick gleitet immer wieder donauaufwärts. Er darf kein Schiff übersehen! Die Strömung ist stark. Schnell treiben die großen Schlepper von Aschach nauwärts.

Sie sind nun mitten im Strom. Klara wirft einen Blick auf die Tanten. Liegt in ihren Augen nicht derselbe ängstliche Blick wie beim Ochsen? Verständlich, sie können nicht schwimmen! Frischer wird die Luft. Einige ziehen ihre Strickjacken an. Auch Klara folgt der mütterlichen Aufforderung. Doch ihre Augen sind dabei auf das gleitende Rad fixiert. Es tanzt jetzt am Standseil wie ein Seiltänzer vor und wieder zurück. Das Steuer und die Strömung geben den Takt dazu. Aber der Überführer Lois ist es, der dirigiert!

Schön ist dieses Gefühl, so mitten im Sog dieser ungeheueren Gewalt der Donau zu sein. Seit undenklichen Zeiten ist sie unterwegs. Nie ist sie müde geworden, übermütig zu kreiseln und wirbeln, zu glitzern und gurgeln. Wieviele Generationen betrachteten das eilende Fließen des Wassers zum Ziel!

Spürt sie die von ihr vor Ewigkeiten schon ausgehende Bedeutung? Sie war der einzige Strom Europas, der den Weg von Westen nach Osten wählte. Die Donau bildete die Grenze zwischen dem römischen und dem germanischen Territorium, ein uralter Handelsweg, der die Länder trennte, aber auch verband.

Klara beugt sich über das dunkle Wasser der Donau. Sucht sie noch immer nach dem Perlmutterschloß des einsamen Wassermanns? Grün ist seine Haut, rot seine Augen, Schlingpflanzen hängen ihm wirr ums Haupt, Schwimmhäute hat er zwischen den grünen, glitschigen, fassenden Händen, schnell wie ein Fisch, stark und behende. Tief in der Donau ist er daheim. Seerosen überwachsen sein Schloß. Dazwischen tummeln sich spielende Nixen mit nachtblauen Augen und rotgolden schimmernde Fische. Ihre Augen glitzern wie Smaragde. Kalt ist es dort und dunkel. So überkommt ihn von Zeit zu Zeit das Verlangen nach dem warmen Blut eines

Menschenkindes. Mit dem will er spielen im finsteren Schloß. Doch keines kehrt mehr zurück, zurück in die Sonne, zurück in das Leben!

Zeichnung: Hubert Taferner

Klaras Augen laufen mit den Wellen mit. Sie bleiben bei den sich drehenden Strudeln hängen, werden hinein gewirbelt und hinabgesogen. Das ist die Anziehungskraft des grünen Wassermanns!

Sie lächelt ein wenig. Aber sie weiß, daß es den Schwimmern schlecht ergeht, geraten sie in diese Umklammerung. Nie hätte sie die Kräfte, so tief durchzutauchen, um dem Sog zu entkommen.

Lois überbietet sich heute an Geschäftigkeit. Er läuft emsig nach vorne, kontrolliert die Drahtseile. Schon stampft er wieder zurück, das Ruder zu drehen.

Was würde er tun, wenn ein Seil reißt oder aus der Rolle springt? Klara hat sich das schon oft überlegt. Der Vater hat sie beruhigt:

"Du brauchst keine Angst zu haben, die Seile werden in bestimmten Abständen überprüft. Sollte es trotzdem passieren, reißt die Strömung unseren Mutzen mit. Aber Lois hat das schwere Steuerruder. Mit dem kann er uns zum Ufer steuern, wo wir irgendwo anlanden können. Aber betrunken soll er halt dabei nicht sein", setzt er lächelnd fort.

Trotzdem war vor gut einem Jahr etwas Schreckliches, Unvorhergesehenes passiert. Aber weder der Lois noch der Most hatten daran schuld. Beim Einmarsch der deutschen Soldaten in Österreich überflog ein kleines, deutsches Flugzeug die Donau, übersah das hoch über dem Wasser gespannte Seil und stürzte ab. Drei Tote gab es zu beklagen, das Seil war gerissen.

Der Vater hatte anschließend großen Ärger mit den Behörden. Wochenlang war der Überführer gezwungen, die Leute nur mit einer Zille über die Donau zu rudern. Das war für ihn mühselig genug.

Klara wird aus ihren Gedanken gerissen. Das andere Ufer liegt still und verlassen vor ihr. Lois zeigt wieder seine Geschicklichkeit. Sanft legt er an, ohne Stoßen und Plumpsen. Die Übereiligen, darunter ihr Bruder, springen aus dem Boot, bevor es der Fährmann befestigt hat. Das aufs Neue einsetzende Poltern übertönt jedes Gespräch. Klara verbeißt sich ein Lachen. Sie sieht gerade noch, wie Lois bemüht ist, den Damen beim Aussteigen behilflich zu sein. Hat ihm das der Vater aufgetragen?

Da sieht das Mädchen ihre Geschwister schon hinter den Bäumen verschwinden. Sie springt ans Ufer. Einen Blick wirft sie noch auf das einsame Häuschen des Überführers. Dann hinauf auf das Rad und schnell hinter den Geschwistern her, allen voran natürlich ihr Bruder. Den wird sie nicht mehr einholen.

Auf den nun vor ihnen liegenden feuchtsandigen Wegen unter den alten, Schatten spendenden Aubäumen fährt Klara gern. Ein wenig später wird sich die pralle Sonne mit aller Schärfe auf sie werfen. Erst beim Aufstieg hinter Mühllacken werden die dunklen, würzigen Nadelbäume dem Weg Kühle geben. Ein schöner Ferientag liegt vor ihnen.

Abends, müde vom Erlebten, aber immer noch lachend und scherzend, sind die Donau und Lois abermals bereit, sie ans andere Ufer zu bringen.

Wird der Überführer Lois nach seiner letzten Fuhre müde seine schweren Schuhe ausziehen, sich ans Ufer setzen und seine heißen Füße aufseufzend im kühlen Donauwasser baden? Er wird wohl gegen die letzten Sonnenstrahlen blinzeln. Ob der Mutzen gut vertäut ist, wird er kontrollieren. Barfuß, mit den Schuhen in der Hand, wird er seinen Kindern entgegen gehen, die schon gelaufen kommen. Schmutzig, rotlockig, blitzblauäugig. Ob er mit ihnen auch so wenig spricht wie mit seinen Fahrgästen? Oder nimmt er ihre weichen Kinderhände in seine harten, rissigen Arbeitshände? Wird er die Geißen meckern hören, um dann sein allein unter Weiden liegendes Häuschen zu betreten, wo ihn seine Frau erwartet?

Das Abendbrot wird am Tisch stehen, ein großer Krug mit Most wird nicht fehlen.

Der Mutzen wird wohl, ganz leicht nur, im nachtblauen, aber so lebendigen Wasser der Donau hin und her schaukeln.

Elisabeth Ebenberger

An der schönen blauen Donau

Blau, so blau. Die Nixen auf den Grund, sie tun es flüsternd kund, gestern, heute, immer; was sind schon tausend Jahre in einem Nixenleben, aber über manche Geheimnisse auf dem Grund breiten auch sie die Fluten des Schweigens und Verzeihens.

Der Walzer "An der schönen blauen Donau" war das Modernste, was wir unserem Musikprofessor entlocken konnten. Er selbst, alt und verbraucht, verzweifelte an seiner Unfähigkeit, uns für die Gregorianischen Choräle zu begeistern, und unfaßbar war ihm die Tatsache, daß wir bei den Neumen nie unterscheiden lernten zwischen Pes oder Podatus und Clivis, zwischen Epiphonus und Pomectus. Er sprach zu uns von Guido von Arezzo wie von einem verehrten, persönlichen Freund: geboren um 992, gestorben um 1040, der "Erfinder" des Notenschlüssels und Liniensystems, doch uns erstaunte daran nur, daß man sich nach tausend Jahren noch an dergleichen erinnert und nicht längst ein einfacheres System erfunden hat. In den letzten Minuten jeder Unterrichtsstunde resignierte der Professor endgültig. Den Donauwalzer! forderten wir unnachgiebig, trieben ihn in die Enge und ans Klavier und belohnten ihn dafür mit dem Namen "Professor Soblau".

D-fis-a schlug er an, im extremen ritordando, Do-nau-so, der Auftakt für das provozierte Spektakel. Er drehte sich auf dem Klavierhocker halb zu uns herum, hob seine behaarten Handrücken von den Tasten, zog die Schultern hoch und gab uns mit seinem geierhaften Kopf den Einsatz zum Mitsingen - Wir aber warteten noch einen halben Takt lang, ließen das a eine halbe Note lang erklingen, starrten voller Erwartung auf seine linke Hand, mit der er jetzt über die rechte griff und die melodische Verzierung anschlug: die Terz a-fis, zwei Viertelnoten, Pause, fis-d, zwei Viertel, Pause: so blau, so blau, er so zart, wir forte, furioso. Durch Tal und Au, *a tempo*, in gleicher Dur, im gleichen Übermut.

Er wandte sich der linken Seite der Klaviatur zu, ein silbernes Band, *crescendo* trieben wir ihn in die Auflösung des Dominantseptakkordes, so blau, so blau, und fröhliche Herzen schlagen an deinem schönen Strand. Fröhlich, frech, fortissimo.

Nixen, meine Damen, flehte er flüsternd, - die Nixen auf dem Grund, sie tun es flüsternd kund. Ungehört. Unerhört. Wir kreischten und gröhlten, wir liebten den Walzer, wir liebten die Musik und irgendwie sogar ihn. Manchmal lud er mich zum vierhändigen Spiel ein, ich setzte Triller an unpassende Stellen und erntete dafür Begeisterung von meinen Mitschülerinnen und wunde Blicke von Professor Soblau. Wenn er nach der Stunde aus der Klasse humpelte, zeigten sich frische Schweißflecken auf seinem dunklen Sakko.

Hanna hat ihn in einer Bar Klavierspielen gehört. Modern, nicht schlecht. Wer Hanna kannte, schloß daraus, daß er ausgezeichnet spielen mußte, auch wenn Modernes unvorstellbar war. Den Donauwalzer liebte er, trotz unserer Bosheiten.

Ich war die einzige, die sich zur Musik-Matura bei ihm angemeldet hatte, und er empfahl mir das Thema

"Der klassische Wiener Walzer am Beispiel von Johann Strauß'

An der schönen Blauen Donau, Op. 314"

Es war mir lieber als die erstarrten Neumen und die jahrhundertealten Choräle. Ich begann, wieder Klavier zu üben. Soblau bot mir an, mit mir vierhändig zu spielen, aber bereits die erste Probe fiel aus, der Professor war erkrankt. Eine längere Erkrankung, ein Klinikaufenthalt. Ich mußte zur Prüfungsvorbereitung in die Parallelklasse. Dort konnte man Neumen und Choralnotationen im Detail unterscheiden. Guido von Arezzo mit seinem Notenschlüssel war ein alter Bekannter, und mit den jahrhundertealten Chorälen war man längst fertig. Mein Prüfungsthema "An der schönen blauen Donau" wurde milde belächelt. Das vierhändige Spiel mußte entfallen, und als Solistin bestand ich die Prüfung mit mäßigem Erfolg.

Bei den Abschlußfeiern fehlte Professor Soblau noch immer, krankheitshalber. Narrenhaus, wußte die stets informierte Hanna. Nervenheilanstalt, korrigierte ich, obwohl uninformiert, und fühlte mich von seinem wunden, verwunderten Blick getroffen. In Erinnerung an die Musikstunden schämten wir uns alle ein bißchen. Aber richtig vermißt hat ihn wohl keine.

Nach einigen Jahren trafen wir uns zum Maturajubiläum wieder in unserer Stadt am Strom, vollständig mit allen Professoren. Nur Soblau fehlte. Hanna wußte den Grund: Herr Professor Soblau hat vor Kurzem sein verwirrtes Leben in den Donaufluten beendet.

Schlagartig endete unser jugendlicher Übermut, war plötzlich erstorben, versunken, untergegangen. Ich dachte an seine behaarten Handrücken, und wie er sie zu den melodischen Verzierungen über die Tasten gelegt hatte, a-fis, fis-d, so blau, so blau, sanft und blau war sein Blick, verwundet und verwundert, aber verzeihend. Ich hätte ihm gerne erzählt, daß mein Klavierspiel besser geworden ist.

Wir kauften auf dem Blumenmarkt einen Kübel voll weißer Rosen und fuhren mit der Straßenbahn hinaus auf die Brücke über den großen Strom. Die Nixen auf dem Grund, summte eine von uns, und es klang kläglich. Rose für Rose warfen wir über die Brüstung in die Tiefe, in die Fluten, Blüte um Blüte, Gedanken und Gedenken, hinunter in die Wellen der Donau, so blau, so blau. Die letzte weiße Rosenknospe warf Hanna, und auch sie hat geweint.

Aus Elisabeth Ebenbergers vergriffenem Erzählband "Wenn Dornröschen wach wird..." (Rhätikon-Verlag, Bludenz)

Evamarie Taferner

Sonnenuntergang

Ratatam, ratatam, ratatam, wie müde dieses gleichmäßige Poltern des Waggons macht!

Zwei Tage und eine Nacht ist er schon unterwegs. Direkt von der Front kommt er. Kurz vor Moskau lag er mit seinen Kameraden. Nun ist er auf der Fahrt zum Heimaturlaub. Mit einem Verwundetentransport. Zerschossene Fenster, Pappendeckel verklebt.

Plötzlich ein Quietschen, ein Stoßen. Der Zug steht abrupt. Wahrscheinlich wieder Tiefflieger. Immer dasselbe. Er hört Kommandos. Die Männer werfen sich zu Boden. Auch er, gleichgültig, automatisch. Das Dröhnen der Flugzeuge zieht über sie hinweg. Er hält sich die Ohren zu.

Die beiden Briefe in seiner Brusttasche brennen. Sie brennen durch den dicken Stoff auf seiner Haut. Wieso gibt es das, denkt er. Über ihm knattern Schüsse. Schwachsinn. Warum treffen die nichts? Es wäre die einfachste Lösung für mich! Als Antwort splittern noch vorhandene Fensterscheiben.

Die Kameraden draußen beneiden mich. Ist es ein Wunder?

"Was fehlt denn dir, bist doch gar nicht verwundet? Du kriegst Urlaub, wir nicht!"

Ludwig sagt das. Fünf Kinder hat er. Sie und seine Frau warten auf ihn. Voll Sehnsucht. Ludwig versteht die Welt nicht mehr.

"Dieser verfluchte Krieg", murmelt er.

Verwundet war er, Gustav, nicht. Ludwig hat recht. Oder doch nicht?

"Wegen deiner Frau? Such dir eine andere, Weiber gibt's genug!", sagt ein anderer Kamerad.

"Das versteht ihr nicht", meint er. Da lachen sie.

Nur einer nicht. Er ist vom selben Ort. Auch erst ein Jahr verheiratet. Gerade lagen sie noch im selben Schützengraben. Der Lehm ist weich, vom tagelangen Regen. Aber noch besser so, als in der Hölle des Winters. Hartgefroren die Erdlöcher. Heulender Sturm mit nadelscharfen Eiskristallen. Er fegt über sie hinweg.

Jeden Tag holen andere Kameraden Heu aus einer entfernten Hütte. Jedesmal Spannung, kommen sie zurück? Einige liegen schon dort. Auch Russen. Als er an der Reihe ist, sieht er sie liegen. Noch einmal Glück gehabt?

Immer wieder dröhnt es über ihnen. Auch Holz splittert. Nun scheinen die Tiefflieger endlich abgedreht zu haben. Es wird ruhig. Nur aus den Waggons mit den Verwundeten hört man Schreie.

Der Zug setzt sich langsam und stockend in Bewegung. Die Gleise knirschen. Ein Poltern, er steht schon wieder.

Die Männer erheben sich zögernd, schauen vorsichtig hinaus. Lauter alte Hasen, wissen, wo die Gefahren lauern.

Jetzt geht es wieder voran. Der Lärm der Räder auf den Schienen schluckt die Schreie. Gut so. Nicht auszuhalten!

Plötzlich will er reden, er muß! Er erzählt seinem Kameraden von daheim. Von der kleinen Stadt, einem Nest, unbedeutend. Nur die Donau ist es, die sie zu etwas macht. So sieht es er.

Wie er diesen Strom liebt! Von klein auf treibt er sich in ihrem sich immer wieder veränderndem Augebiet herum. Das macht es so spannend. Ein Schulfreund lebt dort. In einem alten Fischerhaus.

Welche Welt der Abenteuer für einen Jungen! Diese Gräben und Sümpfe, die Zuflüsse und Altarme der Donau, dazwischen undurchdringlicher Urwald. Nur Einheimische finden sich zurecht. Schmale Pfade, die nirgendwo enden. Spuren, im Sumpf sich verlierend.

In der Zille mit dem Freund unterwegs. Das Rauschen des Röhrichts, das knatternde Auffliegen der Wildenten, das Scharren des Bootes am Kies. Schlingpflanzen, die sich wie Fangarme von Kraken beim Schwimmen um die Beine winden.

An sonnigen Plätzen Teichrosen am ruhigen Wasser liegend, gleitende Wasserläufer, gelber Froschlaich an Schnüren, Libellen, stahlblau, grünglänzend wie Metall, nur Natur und selten ein Mensch! Vollkommene Stille, manchmal durchbrochen von seltsamen, fremden Lauten.

Das war ein Leben, cin Träumen, ein Eintauchen in eine andere Welt! An uneingesehenen, seichten Stellen schnell, geschickt einen Fisch fangen, ausnehmen, schuppen und braten, auf einer Schotterbank, irgendwo. Was hätte je besser geschmeckt?

Die Nähe des gewaltigen Stromes spüren, die unendlichen Kräfte des strudelnden, springenden, kreiselnden Wassers, süchtig danach, es zu riechen. Sich ziehen zu lassen in der Kühle der Donau, den Brand der Sonne auf der Haut zu löschen. Dann hinauf auf die sommerheißen Steine des Dammes, tief aufatmend vor Lust und Freiheit! Grenzenlos zieht im Stampfen der Schaufelräder der Schiffe die Welt vorbei, nach Westen, nach Osten, wo willst du hin, so hörst du sie singen und locken.

Ach herrliches Leben! Alles, was ein Bubenherz wünscht, damals, viel mehr noch!

Und in der Nacht, im Schlaf, der Laut der Nebelhörner, dumpf dröhnend, unheimlich geheimnisvoll, erinnernd, komm, dein Leben ruft, es pocht im selben Rhythmus wie das Herz. Noch im Traum hinüber schwimmen zur Insel, bevor das nächste Schleppschiff kommt. Schaff' ich es noch? Oder schleudert mich die nächste Bugwelle gegen das Rad, und auf immer verloren das herrliche, gefährliche Leben?

Wäre doch schade darum!

Eigene Typen sind es, die sich dort wohl fühlen. Sonnenanbeter, Eigenbrötler, Nudisten und Abenteurer, die die ungezähmte Natur lieben. Und Liebespärchen. Sie suchen die entlegenen, versteckten Plätzchen des "Langen Haufens" am Ufer der Donau, wo nicht jeder hinfindet.

Der Nachbar ist müde geworden.

Doch Gustavs Gedanken weilen weiter beim mächtigen Strom. Die wechselnden Farben des Wassers schimmern vor ihm, die grausilbernen Reiher mit schleppenden Flügeln den Strom überquerend, der Schatten olivgrüner Weiden, das Aufgehen der Sonne, vor allem ihr Versinken im Abendrot.

Wievielen Generationen war die Donau zum Strom ihres Schicksals geworden?

Im Abteil ist es nun still. Die meisten schlafen.

Einer schreibt in einem verschmierten Büchlein. Von nebenan dringt Gröhlen herüber. Gestohlener Wodka. Wollte ihn als Geschenk mitbringen, seinem Vater. Jetzt ist die Flasche leer, die Kameraden voll. Nun ja. Es kümmert ihn nicht. Er ist woanders.

Er denkt an den Tag, der sein Leben veränderte.

Es hing an einem Haar, daß er es nicht verlor, damals. Das auf den Wellen Schaukeln war wie eine Sucht! Hätten die Matrosen nicht den Motor abgeschaltet, wäre er in den Sog geraten. Welche Schimpfworte sie auf ihn herabbrüllten!

Erschöpft, dabei überbordend vor Lebensfreude, entstieg er dem Strom, als Sieger. Diesmal noch. Am Damm erregte er Aufmerksamkeit. Der Held wurde bewundert. Die Mädchen umstanden ihn. Er kannte sie alle.

Doch nein. Eine war dabei, die schwieg.

Grünblaue Augen, von der Sonne ausgebleichte, blonde, flatternde Haare, am sonnengebräunten Körper einen knappen, gelben geteilten Badeanzug, auffallend noch in dieser Zeit. Sie überragte die anderen, schlank und anmutig. Er hatte sie noch nie gesehen. Ein spöttischer Glanz lag in ihren Augen. Auch im Lächeln spürte er Spott. Warum nur? Was war Lächerliches an ihm?

Schon wandte sie sich ab. Einem anderen Mann zu.

Der schlanke Hals, der zarte Nacken, er hätte ihn gerne mit seinen Händen berührt. Er folgte ihr mit den Augen. Nichts existierte mehr um ihn. Starr stand er und blickte ihr nach. Sie wußte es, sie gab sich danach. Aufreizend blickte sie noch einmal um.

Als sie ihn so stehen sah, lachte sie hellauf und warf den Kopf nach hinten.

Da wußte er, daß er ihr verfallen war!

Ein wunderbarer Sonnenuntergang verklärte seine Gefühle.

Er tat alles, sie zu gewinnen.

Wohl begünstigt durch das andauernd heiße Wetter, lag sie zu seiner Überraschung schon bald in seinen Armen. Eine verwachsene Ecke am Ufer wurde der Spielplatz ihrer Leidenschaft.

Hella kam als Flüchtling aus dem Osten. Heimatlos. Elternlos. Der schreckliche Krieg, ihr Vater Soldat, die Mutter stirbt auf der Flucht.

Nun kommt der Befehl an Gustav. Sie schwören sich Liebe und Treue bevor er geht, nach Rußland. Bei seinem ersten Heimaturlaub heiraten sie. Hella zieht zu seinen Eltern. Sein Zimmer ist nun ihre Wohnung. Ein Jahr kennen sie einander. Seine Tätigkeit ist nun kämpfen und siegen. Vielleicht auch sterben.

Ach, nach dem Krieg, da warten so viele Pläne! In den Briefen sprechen sie davon. Auch von den Stunden an der Donau. Sehnsucht schwingt mit.

Seit sie einer Arbeit nachgeht, schreibt sie seltener. Sie klagt über seine Eltern. Die Mutter und die Patentante seien ekelhaft. Sie wolle ausziehen, sie halte dieses Leben nicht mehr aus. In Linz, wo sie arbeite, will sie sich ein Zimmer nehmen. Es sei schwierig, da immer mehr Flüchtlinge kämen.

Schön sei es nur an der Donau. Da denke sie an ihn.

Da ist er glücklich. Das andere scheint ihm unwichtig.

Es geht nun wirklich heimwärts. Das allein genügt, glücklich zu sein. Ihm auch? Warum nicht? Er gehört doch zu jenen, die bis jetzt einer Verwundung, dem Frost, Hunger und Schlamm, dem Tod entkommen sind, den Läusen entkommt keiner.

Der Tabaksqualm läßt die Gesichter der Soldaten wie im Nebel verschwimmen. Geschichten werden erzählt, vor allem über Frauen und Sex.

Gustav macht wieder die Augen zu. Er will da nicht mitreden. Gerade er, der immer so redselig war?

Bis vor drei Monaten, als ein Brief kam, von der Patentante. Er hat sie immer gern gehabt. Jetzt ist sie ihm widerwärtig. Weil sie ihm so wohlmeinend die Wahrheit geschrieben hat? War es die Wahrheit?

Sie hat seine Frau von Anfang an nie in ihr Herz geschlossen. Der Blick von ihr steht noch vor ihm, wie sie Hella gemustert hat, von oben bis unten. Ein Flüchtling, so, so!

Später schläft er ein. So wie damals in seinem Schützenloch. "Die Russen kommen, Gustl, hörst du", schreit Heinz verzweifelt herüber, "schieß' doch, du Trottel, schlafen kannst du noch lang genug!"

Die Panzer rollen auf ihre Stellungen zu, die Granaten bersten, hinter den Panzern die anstürmenden feindlichen Soldaten. Natürlich schießt er!

Öde Waldgebiete, zerschossene Dörfer, riesige aufgewühlte Felder. Streunende Hunde, Tierkadaver, ausgebrannte Fahrzeuge. Bombentrichter säumen die Schienen. Schlachtfelder wohin er blickt. Das Vermächtnis des Krieges. Ja, ja, Rußland ist groß und weit.

Mit einem häßlichen Quietschen bremst der Zug. Ein öder Bahnhof. Es ist dämmrig. Sie sind an der deutschen Grenze. Rotkreuzschwestern teilen warme Suppe und Brot aus. Auch Pfefferminztee gibt es. Von Schulkindern gesammelte Kräuter.

"Na, und Sie, haben Sie keinen Hunger?"

Er schreckt hoch. Seine Kameraden löffeln schon.

"Ja, danke, Schwester, und ob ich Hunger habe!"

Während er im Blechnapf rührt, denkt er an Hellas letzten Brief. Der Inhalt bestätigt die Mitteilung seiner Tante. Hella will sich scheiden lassen. Sie braucht einen Mann, keinen Soldaten in der Ferne.

Der erste Löffel würgt ihn im Hals, er verschluckt sich. War es die Suppe, war es die ohnmächtige Wut? Er gibt den Teller zurück, sucht sich einen Platz zum Austreten.

Sie tun ihm gut, die paar Schritte an der frischen Luft. Ein Fluß muß in der Nähe sein. Es riecht nach Wasser, nach Donau? Die Reihe der Bäume im Mondlicht erinnert ihn an daheim.

Ein wenig erfrischt fühlt er sich, als der Zug die Fahrt fortsetzt. Er muß Hella einfach überzeugen, wie soll er denn leben ohne sie? Der Krieg ist bald zu Ende, sagen alle. Dann ist er bei ihr! Er sieht ihr Lächeln, er spürt ihre Zärtlichkeiten. Alles wird gut, er muß es nur glauben!

Unruhig ist die Fahrt, unruhig sein Schlaf. Seine Träume erfüllt von Artilleriefeuer, platzenden Geschoßen, von Blut und Tod. Nach vielen Aufenthalten, zahllosen Bahnhöfen, umsteigen und warten ist er endlich am Ziel. Es ist Nacht.

Er steht am verschlafenen Bahnhof. Heimat, wo sind deine Sterne? Sie sind heute nicht zu sehen, auch kein Licht.

Idiot, sie müssen doch verdunkeln! Er hätte wenigstens anrufen sollen. Sein Gehirn scheint ausgelaugt. Nicht als Mensch, als Kampfmaschine zurückgekehrt. Findet er sich überhaupt noch zurecht?

Die lange Kastanienallee führt ihn bis in die Innenstadt. Da stehen sie alle noch, die alten Häuser mit soviel Vergangenheit. Sie zu erhalten, und die Menschen, die darin wohnen, ist es das, worum wir kämpfen? Oder ist es nur die große Idee eines einzigen?

Er steht vor dem Elternhaus. Wagt er zu läuten? Wie müde er ist. War die Glocke denn immer so schrill? Sie weckt noch die ganze Stadt auf! Schritte nähern sich der Tür. Schwere Schritte, die des Vaters, unverkennbar. Die Tür wird einen Spalt geöffnet.

"Wer ist da?"

"Ich, Vater, Gustl, ich hab Urlaub bekommen." Jetzt klingt Freude mit, er ist ja daheim! Der Vater zieht ihn ungläubig in seine Arme.

"Du bist da, Gustl, wie gibt es denn das, wir haben solange schon keine Nachricht von dir! In großer Sorge sind wir gewesen, schnell, komm herein ins Licht, damit ich dich anschauen kann. Da wird sich Mutter freuen!"

"Und Hella?"

Keine Antwort.

"Meine Frau, ist sie nicht da?"

Unsicher, scheu, schauen sie einander an.

"Ich, ich weiß nicht, komm nur herein, sicher bist du hungrig!"

"Durst hab ich, Vater, nur Durst!"

"Setz dich Gustl, ich wecke die Mutter und bring dir ein Bier."

Da kommt sie schon gelaufen. Im Schlafmantel, die grauen Haare zu einem Zopf geflochten. Weinend fällt sie in seine Arme, streicht über seine Haare und küßt ihn.

"Daß du nur wieder da bist, mein Kind, bist du gesund? Du wirst sicher Hunger haben!"

"Mutter, wo ist Hella?"

Die Freude weicht aus ihrem Gesicht. Jemand hat sie aus ihren Augen weggewischt. Sie ist nun traurig, verlegen, sie will ihm nicht wehtun.

"Deine Frau, ja, weißt du, heute ist Samstag, da ist sie ausgegangen. Sie hat uns nicht gesagt, wohin. Es gibt so wenig Freuden, jetzt, du darfst es ihr nicht nachtragen. Hat sie gewußt, daß du heute kommst?"

"Nein, aber sie schrieb mir im letzten Brief, sie möchte sich scheiden lassen. Darum bin ich da. Mein Kompaniechef hat mir deshalb Urlaub gegeben, um das mit Hella zu klären." Seine Stimme klingt rauh.

"Sie hat dir an die Front -, das hat sie dir geschrieben?" Die Mutter flüstert es ungläubig.

Er nickt und trinkt in großen Zügen das kühle Bier. Herrlich, trotz allem daheim, wieder daheim!

"Gustav, das mußt du mit deiner Frau allein ausmachen. Wir mischen uns da nicht ein. Das wirst du verstehen?" Das sagt der Vater.

Er nickt. "Ich bin entsetzlich müde, ich möchte nichts wie mich waschen und schlafen. Ihr wißt ja nicht, was das für mich bedeutet. Über alles andere reden wir morgen, morgen ist auch noch ein Tag!"

Er läßt über seinen von Läusen zerbissenen Körper das Wasser rinnen. Nimmt Seife und schäumt sich von Kopf bis zu den Zehen die zerschundene Haut ein. Wie herrlich das ist. Er kann nicht genug davon kriegen. Unter seinen Füßen bildet sich eine braune, seifige Pfütze. Soviel Dreck, denkt er.

Dann geht er in sein Zimmer, in "ihr" Zimmer. Der Nachtwind bläht die Vorhänge auf. Er darf kein Licht machen. Er schließt die Fenster und achtet, daß die Verdunkelung kein Licht durchläßt.

Das Zimmer ist ordentlich, ein Foto von ihm steht auf dem Tisch. Auf dem Nachtkästchen liegt ein billiger Liebesroman. Einige Wäschestücke am Stuhl, hochhakige Sandalen darunter. Am Fenster ist der gelbe Badeanzug zum Trocknen aufgehängt. Er läßt sich in sein Bett fallen. Weich und vor Sauberkeit duftend. Auch ein wenig nach Hellas Parfum.

Dann hört und fühlt er nichts mehr.

Auch nicht, als seine Frau im Morgengrauen das Zimmer betritt. Sie erstarrt, als sie ihn sieht. An die äußerste Bettkante legt sie sich. Wieso ist er da? Dieses weiche Jungengesicht, wie konnte sie ihn nur heiraten? Wie bringt sie ihn wieder los?

Sie muß mit Schwierigkeiten rechnen. Statt zu schlafen, überlegt sie. Aber sie hat ihm doch im Brief ihren Wunsch gesagt: Sie will sich scheiden lassen. Dabei bleibt es. Sie liebt einen anderen, einen richtigen Mann in sicherer Position, uk (unabkömmlich) gestellt. Er braucht nicht in den Krieg. Er verwöhnt sie. Nächste Woche wird sie ihr Zimmer verlassen, so oder so.

Diese Leute, die sie haßt. Sie spionieren ihr nach! Mit Gustav allein wird sie schon fertig werden. Bis jetzt tat er alles, was sie ihm sagte.

Sobald es heller wird, kleidet sie sich wieder an und verläßt den Raum. Da prallt sie gegen die Mutter. Sie ist beim Wäsche waschen.

"Heute, am Sonntag", sagt Hella spöttisch.

"Es ist doch für Gustl, schläft er noch? Er kam spät in der Nacht, er hat nach Dir gefragt. Gehst du schon wieder fort? Was soll ich ihm sagen, wo du bist? Willst du nicht Kaffee trinken?"

"Nein, ich bin in der Kirche."

"Du, in der Kirche? Mittags gibt's Schweinebraten, Gustl zuliebe."

"Ist schon recht, verwöhn' ihn nur, dein Bübchen!"

"Aber er kommt doch von der Front, wie kannst du so reden?"

"Ich komme später, vielleicht ist er dann ausgeschlafen."

Es geht gegen Mittag, als er langsam zu sich kommt.

Er braucht lange, bis er versteht, wo er sich befindet. Auch der Grund seinen Hierseins fällt ihm ein. Zögernd erhebt er sich. Fast lieber wäre er jetzt bei seinen Kameraden. Er hat Angst vor der Auseinandersetzung, Angst vor dem Lachen seiner Frau. Liebt er sie noch?

Als er aus dem Zimmer geht, hört er die Mutter in der Küche hantieren. Es riecht verlockend. Der Vater sitzt mit der Pfeife auf der Bank und schaut Hella zu, die den Tisch deckt.

"Du bist da, das ist eine Überraschung!", sagt sie.

Sein Herz klopft. Er will sie umarmen, doch sie dreht sich so, daß seine Arme von ihr abgleiten.

"So ist das also", sagt er nur.

Da fängt nun der Vater an, ihn mit Fragen zu bestürmen. Wo liegt die Frontlinie, wie lange wird der Krieg noch dauern, wie ist er hergekommen und so weiter. Dann vergleicht er, wie es bei ihm im ersten Weltkrieg gewesen ist.

Gustavs Antworten sind karg. Er mag seinen Vater, aber heute ist er ihm lästig. Seine Augen hängen an Hella, wie schön sie ist, wie elegant und anmutig. Sie weicht seinen fragenden Augen aus.

Es ist alles nicht mehr so, wie es einmal war! Hella verschwindet in ihrem Zimmer. Man hört, wie sie die Fenster öffnet und Ordnung macht.

Das Essen verläuft ruhig. Hella beobachtet Gustav, er bemerkt, wie sie lustlos im Essen herumstochert.

Vater und Mutter senken schnell den Blick, wenn Gustav aufschaut. Was ist aus ihrer Vertrautheit geworden? Jetzt, im Tageslicht, sieht er, wie alt die Eltern in diesem Jahr geworden sind.

"Ist es dir recht, Hella, wenn wir zusammen zur Donau gehen? Da können wir über alles reden?"

Hella nickt zustimmend.

Als die Jungen gehen, steht die Mutter vor der Abwasch. Ihre Schürze ist naß und geflickt. Es ist eine weiße Schürze, aber sie ist abgenützt. Er kennt sie schon aus der Kinderzeit. Ein Mongramm ist eingestickt. Wenn sie diese Schürze trug, war Sonntag. An schönen Tagen ging er dann meist zur Donau.

Nun gehen sie durch die Stadt. Die Häuser werfen die gespeicherten Sonnenstrahlen zurück. Gustav fühlt sich wie auf einem Rost, die Zunge klebt am Gaumen. Hella bewegt sich so leicht wie immer, als spüre sie die Hitze nicht. Hin und wieder wirft einer dem anderen etwas Belangloses zu. Sie sind einander fremd geworden.

Endlich haben sie die Stadt hinter sich gelassen. Auch die Bewohner, die ihn größtenteils kennen. Wie freudig sie winken, wieder einen der ihrigen auf Urlaub zu sehen. Nicht einmal gefreut hat sie sich, daß ich immer noch lebe, denkt er.

Sie gehen nun rasch. Können sie es nicht mehr erwarten, es hinter sich zu haben? Die Auseinandersetzung, die Tränen? Oder das Zusammensein, die Vorwürfe? Die Gleichgültigkeit und die Eifersucht? Oder gar die nimmerendende Liebe?

Da liegen die Felder mit der Farbe von Hellas Haar. Kein Panzer hat sie zerstört. Es brennt auch kein Haus. Er versucht, seiner Frau zu erklären, was er empfindet. Teilnahmslos hört sie ihm zu. Da beginnt er zu stottern, dann bricht er jäh ab.

Nun kann sie nicht mehr schweigen.

"Hast du meinen Brief bekommen?"

"Ja", sagt er.

"Na und?"

"Was, na und, du hast einen anderen gefunden und willst mich loshaben! Ich kann das nicht verstehen, du wolltest doch, daß wir heiraten, du sagtest, du bist glücklich mit mir! Und jetzt auf einmal, so schnell?"

"Ich habe mich damals eben geirrt. Jetzt habe ich den Mann meines Lebens gefunden. Ich will nicht länger warten. Ich reiche die Scheidung ein!"

"Aber da mußt du doch einen Grund angeben, was hast du mir vorzuwerfen?"

Gustav spürt die Nähe der Donau. Er hört ihr Rauschen, das Stampfen der Schiffe. Wie von Ferne kommt ihre Antwort: "Wenn du zustimmst, brauchen wir keine Begründung!"

Dieses Drängen, diese Eile, es treibt ihm fast die Tränen in die Augen.

"Und unsere Pläne, Hella, ich habe keinen vergessen, wenn erst der Krieg vorbei ist, dann sind wir immer zusammen, das wird doch so schön!"

Er versucht, nach ihrer Hand zu greifen. Vergeblich.

"Schau, da ist sie, die Donau, unser Schicksalsstrom sagten wir, das kann doch nicht alles vorbei sein, ich liebe dich wie damals! Wie soll ich denn leben ohne dich?"

"Ach, ein Mann wie du findet schnell wieder eine Frau!"

Sie wendet sich ab, als sie seinem Blick begegnet. Er kann es nicht begreifen. Wie unreif er ist, denkt Hella.

Noch hält sich ihr Gespräch in maßvollen Grenzen. Hinter den Büschen kleiden sie sich um. Wie früher suchen sie Abkühlung in der Donau. Der Übermut, die Lebensfreude, ist ihnen abhanden gekommen. Die Wellen der Schiffe schlagen ans Ufer. Wie sinnlos das Leben geworden ist!

Nur wenig Badende aalen sich auf den Steinen. Hella trägt ihren gelben Badeanzug. Sie wirkt noch verführerischer. Alle Blicke folgen ihr. Wie oft hat er sich im Geschoßhagel daran geklammert, mit ihr hier, an der Donau zu sein.

Trostlosigkeit überfällt ihn. Er fühlt ihren prüfenden Blick. Er hat Angst davor. Er kann ihren Spott nicht mehr ertragen. Mit jeder Geste macht sie ihm deutlich: Vorbei, du bedeutest mir nichts mehr! Er spürt ihren Abscheu vor jeder Zärtlichkeit.

Die Sonne steht tief auf dem Heimweg. Sie gehen die Donau entlang.

"Komm, Hella, da ist die Bank, wo wir uns zum erstenmal geküßt haben, im Sonnenuntergang, wie heute! Laß uns hier sitzen und Abschied nehmen. Du hast mir noch nichts vom anderen erzählt."

Gern tat sie es nicht.

"Warum soll ich, er ist ganz anders als du, er ist so stark!"

Ein lärmendes "Kraft durch Freude"-Schiff enthebt ihn der Antwort. Es ist mit winkenden Menschen überfüllt, bis an den Rand. Diese Fröhlichkeit! Wie könnte er zurückwinken, sein Arm scheint gelähmt zu sein, vor Schmerz?

Er fühlt die Bitterkeit in seinem Munde. Was meint sie damit? Es ist so still. Nur sein Blut rauscht. Oder ist es der Strom? Wie er ihre Nähe spürt, ihren Duft, er weiß, wie weich ihre Haut, ihr Mund ist, er fühlt unter ihrem leichten Kleid die Wärme ihres Körpers.

Er legt die Hand auf ihren Schenkel. Sie ist doch seine Frau!

"Einmal noch Hella laß uns lieben, vielleicht wird alles gut. Auch der Leutnant meinte, ich dürfte dich nach einem Jahr noch nicht freigeben, gib mir noch eine Chance, auch ich bin stark!"

Drängend sind seine Worte geworden, drängender seine Hände, seine Arme, die sie umklammern. Spöttisch lacht sie auf:

"Der große Held hat sich noch Rat geholt, wie er mich herumkriegen kann, das sieht dir ähnlich! Noch immer hängst du an der Kittelfalte deiner Mutter, ein Schwächling und Angeber bist du, wie damals an der Donau! Machst du es an der Front ebenso?"

In seiner Erregung weiß er nicht mehr, was mit ihm geschieht. Er liegt wieder im Schützenloch, eine unheimliche Zahl von grauen Gestalten krabbelt auf allen Vieren aus den Mulden, Gräben, den Wiesen und Wäldern. Ratten sind es, Unmengen grauer, häßlicher Ratten, immer näher kommen sie heran, sie bringen den Tod, er spürt sie schon unter sich, eine Granate platzt, es dröhnt in seinem Kopf, das Ballern der Geschütze in seinen Ohren, eine Stimme befiehlt ihm zu schießen, hinein zu schießen in dieses Gewimmel und wieder ihr Überschlagen und Stürzen zu sehen.

"Töten muß ich sie, töten, sonst töten sie mich", stammelt er und schlingt seine Hände um Hellas Hals.

Hart sind seine Hände geworden, vom Spaten, vom Gewehr. Kennt er denn noch ihren zarten, biegsamen Hals, der so leicht zerbricht? Sein Körper lastet auf ihrem.

"Schwach bin ich, sagst du? Ich will dir zeigen, wer stärker ist, er oder ich!"

Sie lacht schon lange nicht mehr, es ist ihr im Halse stecken geblieben. Sie würgt daran, doch nur ein Gurgeln entfährt ihren Lippen. Ihre Augen, vor Schreck geweitet, so sieht sie ihn an. Der Körper bäumt sich auf, noch einmal, vergebens. Und er? Er verkrampft seine Hände um ihren Hals, als trüge er eine Fahne, die Fahne des Sieges! Stark ist er, er hat die Ratten und sie zum Schweigen gebracht.

"Siehst du, jetzt wirst du mich lieben. Es wird so schön sein wie damals, Liebste", keucht er.

Da fällt ihr Kopf leblos zur Seite.

Er erstarrt. Er löst vorsichtig, als hielte er ein kostbares Gefäß in der Hand, seine schwieligen Hände, sieht die häßlichen Male auf der Haut seiner Frau, die er liebt wie nie zuvor. Er schüttelt, zuerst zart, dann erregter, ihre Schultern.

"Hella, Liebste, hab ich dir weh getan?"

Ihr Kopf baumelt hin und her. Eine Kasperlpuppe ist sie, in der die Hand des Spielers fehlt.

Etwas Kaltes kriecht seinen Rücken herauf. Er wischt mit dem Handrücken über seine schweißnasse Stirn. Er dreht seine rissigen Hände, ganz nah seinen Augen, verwundert ist sein Blick. Dann fangen die Zähne zu klappern an. Die Kanonen schweigen. Es ist totenstill, die Natur, das Wasser, auch in ihm.

Er nimmt sie auf und bettet sie in seinen Schoß wie ein schlafendes Kind. So sitzt er am Boden und hält sie im Arm. Er horcht nach ihrem Herzschlag und wiegt sie ein wenig. Hin und her, hin und her. Schlafen soll sie, nur schlafen! Wenn sie dann aufwacht, soll sie gehen, wohin sie will, den anderen soll sie lieben, nur - leben soll sie!

Ihr Gesicht bedeckt er mit Küssen, er streicht ihr über die blonden Haare, er drückt sie an sich, die leblose Puppe.

Die Sonne geht unter. Ein leuchtendes Abendrot, nicht nur am Himmel. Es liegt auch im Wasser der Donau wie Blut. Selbst auf die blassen Wangen seiner Frau zaubert es Leben, scheinbares Leben. Ein letztes Schiff zieht vorbei. Ein Liebespaar, denken die Menschen.

"Hella, wach auf, mein Mädchen, ich bin's, dein Gustl!"

Er flüstert, erzählt ihr vom Krieg, alles, was er ihr sagen wollte, aber nicht über die Lippen brachte vor Angst über den Spott in den Augen, er legt seinen Kopf auf ihre Brust, verkriecht sich darin.

Doch das Herz seiner Puppe schlägt nicht mehr. Noch ist sie warm. Als sie beginnt kalt und steif zu werden, nimmt er sie auf, seine Geliebte, und trägt sie zur Donau. Er legt ihren Körper in das leise plätschernde Wasser am Ufer. Grüne Nixenaugen leuchten geheimnisvoll zu ihm empor, bevor sie ihm der Strom entreißt. Er nimmt sie zurück, wie eine Mutter. Sanft schaukelnd trägt er sie fort in wirbelnden Kreisen. Nach Osten, woher sie gekommen war.

Er läuft ihr nach, am Ufer, hilflos weinend, ein Kind. Er stolpert, er fällt. Doch das Wasser ist schneller. Er steigt in den Strom, er will ihr folgen, sie soll nicht allein sein!

Was hält ihn zurück? Sind es die Augen der Mutter? Vor ihnen wird er die Wahrheit gestehen. Er kennt seine Schuld, er weiß um die Sühne. Er

hat keine Wahl mehr.
Die Dunkelheit nimmt allem die Farbe.
Schwarz trägt der Himmel, das Wasser, die Bäume.
Er liegt am Ufer des Stroms seines Lebens.

In der Morgendämmerung geht er den Weg allein zurück.
Jeder Schritt ist ein Abschied für immer.
Nicht allzulange, dann wird er bei ihr sein.

Zeichnung: Hubert Taferner

Stephan Denkendorf

Uferpflanze

Von der linken Schläfe bis zum Mundwinkel verläuft die Narbe. Rot beleuchtet sie das Gesicht des Fischers. Die krumme Zigarette zwischen den Lippen raucht nicht. Jetzt taucht das Tellernetz aus dem Wasser. Tropfen sprühen. In den Maschen ein Ast. Algen.

Der Fischer hält inne. Dann sinkt das Netz wieder unter. Lautlos überströmt vom Wasser. Der Junge will sich durch kein Geräusch verraten. Hockt im Gebüsch und starrt nach dem Boot. So nahe am Ufer schaukelt es: wie kann ein Fisch beim Ufer ins Netz gehen!

Überm blitzenden Wasser scheppern blaue Riesenlibellen aneinander. Der Junge starrt auf ihre Flügel; die nie zersplittern. Wieder knarrt das Holzgestänge. Das Netz steigt empor. Äste darin. Algen. Der Junge reckt den Kopf. Rot schwingt die Narbe der Schläfe zu. Plötzlich winkt der Fischer herüber. Schreit.

Erschrocken springt der Junge auf. Bricht durchs Gebüsch davon. Dort liegt jemand am Uferkies. Der Kopf im Wasser.

Das rote Kleid des Mädchens überzieht Algengespinst. Verzweigt über die nackten Beine, die im Schilfdämmer stecken. Verrenkt. Aufgedunsen. Aufgeweichtes Brot, wie es die Mutter jungen Hühnern hinwirft. Der linke Arm unter den Rücken gedreht. Fortgereckt dem Strom zu der rechte Arm. Die Finger greifen in die Strömung.

Aus dem roten Kleid kriecht ein breiter Hals, von dem der Kopf kippt. Fleckig das verquollene Gesicht. Schilfsträhnen im Haar.

Jetzt bricht die Sonne einen Strahl übers Wasser. Laut knirscht das Gestänge des Tellernetzes. Klatscht nieder. Überm rotem Kleid des Mädchens prasseln zwei blaue Libellen aneinander.

Der Junge rennt. Eine Böschung. Staubige Uferstraße. Die erste Gasse verschluckt alles Licht. Die Häusermauern fleckig wie das Gesicht des Mädchens. Die Fußsohlen des Jungen klatschen übers Pflaster. Die Stubentür öffnet sich in bekannte Gerüche. Ein Gesicht wendet sich dem Jungen zu: ziseliert. Das Lächeln. Ruhige Worte von denen der Junge nichts aufnimmt. Hockt in die Fensternische. Die Mutter geht hinaus; läßt Lautlosigkeit zurück. Die Füße des Jungen sind kalt.

Da rasselt ein Wagen in die Hofeinfahrt. Der Junge springt auf. Zur Tür. Von außen wird die Klinke festgehalten.

Besser Egon sieht die Ertrunkene nicht, sagt jemand.

Erich Wimmer

Untermühl

Untermühl wurde auch schon von der Geschichte überrollt. Völlig lautlos und unbemerkt, wie eben die Geschichte zu rollen pflegt. Das, was in Summe Untermühl ergibt, der *Gasthof Horst* und die restlichen dreißig oder vierzig Häuser, das alles liegt nicht am Fluß *Große Mühl*, wie vor 200 Jahren, sondern wie alle Donauuferstädte - außer Hainburg - an einer der unzähligen Donaustaustufen. Besser als der Name Untermühl wäre daher *Staustufe Nr. 147*.

Am allerbesten wäre es, die restlichen Nummern auf die übrigen Donaustaustädte - außer Hainburg - zu verteilen. Linz könnte man umbenennen in Staustufe Nr. 96, Passau in Staustufe Nr. 130 und Wien in Staustufe 48. Das würde auch den Tourismus ankurbeln. Alle, die Wien und Linz auf ihrer Sightseeingliste schon erledigt haben, müßten noch einmal kommen. Vieles müßte umgedichtet werden. Arbeitslose Dichter kämen wieder an Aufträge: Staustufe 48, Staustufe 48, nur du allein, sollst die Stadt meiner Träume sein!

Man würde wieder Anschluß an die Gegenwart und ihre Tatsachen finden. Kein Philosoph bräuchte sich mehr zu beschweren, daß die Worte der Wirklichkeit hinterherhinken und zu spät oder überhaupt nicht nachkommen. Das U von Untermühl wäre man auch los. Umlaute sind ja kleine Sandsäcke am Ballon des Fortschritts. Bei VÖEST hat man das schon sehr früh eingesehen. Jetzt heißt die VÖEST VOEST, wegen der französischen Industriekapitäne, die angeblich immer nachgefragt und den Kopf geschüttelt bzw. geschuttelt haben. Das Ö war ihnen unklar und also verdächtig, ein dubioser sprachlicher Zwitter. Jetzt mit dem reinen O ist alles gut, weil international.

Momentan läßt sich mit dem Plan *Staustufe 1 bis 1000* vermutlich noch kein Volksbegehren gewinnen. Man wird aber nicht lange warten müssen. Nur so lange, bis neben den immer hilflosen Dichtern die immer wirkmächtigen Vertreter der Wirtschaft auch in diesem Bereich auftauchen und ein paar ihrer zentralen Sätze beginnen. "Im Sinne einer rentablen Binnenschiffahrt auf der Donau wird man nicht umhin können..." oder "Um internationale Standards zu gewährleisten, ist es unumgänglich, daß..." In der Schule haben wir gelernt, daß gewisse

Einleitungsworte ganz bestimmte Sätze nach sich ziehen. *Wenn* erfordert irgendwann *Dann.* Wirtschaftssätze erfordern keine zweiten Teile oder gar ein Ende. Sie sind ökonomische Winke, denen spätestens nach der Hälfte nicht mit Gliedsätzen, sondern mit Bulldozern nachgeeilt wird. Dann wird *Staustufe 147* anstelle von *Untermühl* auf der Ortstafel stehen. Garantiert. Der Fortschritt verlangt sich selbst, verzögert auch von der Sprache.

Die alten Namen wandern ins Archiv, die alten Bewohner in neue Städte und die alten Häuser 50 Meter unter den Wasserspiegel. Dort stehen die Ruinen der Stadt Untermühl, die tatsächlich "unter" der Mühl gelegen war, am Grund der gestauten Donau im Schlamm. In den Mauerhöhlen wohnen angeblich Welse von erschreckenden Ausmaßen, sagen die Feuerwehrtaucher. Manchmal, besonders in Gewitternächten, kommen die Welse an die Oberfläche und schnappen sich die eine oder andere Ente. "Ganze Entengruppen", sagt der alte Horst, der es wissen muß, weil er seit 70 Jahren an der Donau lebt und sowieso nie schlafen kann und oft draußen ist, und draußen heißt am Donauufer.

Vor dem Stau der Donau war die Große Mühl ein Fluß, das sieht man auf alten Kupferstichen, vor dessen Frühlingsfluten selbst die großen Granitbrocken im Tal Respekt hatten. Jetzt lacht jeder Stein. Sogar die Kiesel kichern über das "Große" vor Mühl, weil die Mühl, so wie die Donau, natürlich auch gestaut ist. Nach dem Stausee in Neufelden sickern nur noch Resttropfen mühsam bis ins Donautal hinunter. Das Hauptgerinne der Mühl wird von der E-Wirtschaft abgezweigt und durch ein System riesiger Röhren Richtung Kraftwerk Neuhaus gepreßt. An manchen Stellen im Tal treten diese Röhren an die Oberfläche und sehen aus wie die mutierten Riesenwürmer aus *Der Wüstenplanet.* Aber irgendwann verschwinden die Eisenwürmer ganz im Berg und stürzen mitsamt dem Wasser in ihrem Gedärm unterirdisch hinunter auf die Kaplanturbine im Kraftwerk. Damit wird der Strom erzeugt, mit dem die Untermühler ihre Fernsehapparate und Winkelschleifer betreiben.

Der alte Horst ist der einzige Untermühler, der wenig fernsieht, weil sein Auge schnell müde wird. Manchmal nimmt er das andere, ein Glasauge, raus und legt es neben den Aschenbecher. Dann reibt er ein wenig an der leeren Höhle und seufzt. Die anderen am Tisch sehen gar nicht hin. Sie haben nur ihre Karten im Kopf und was sie ausspielen sollen. Das macht das ganze nur noch schlimmer, vor allem wenn man zwölf Jahre alt ist und bloß ins Wirtshaus vom alten Horst 'reingeht, um zwei Schartner-Bomben zu kaufen, wie ich damals. Daß einer sein Auge 'rausnimmt, ist für einen Zwölfjährigen schlimmer als das Skelett in der Geisterbahn. Darauf ist man irgendwie vorbereitet, man malt sich schon vorher die Knochen aus, die irgendwo im Dunklen von der Decke baumeln, aber Horst erwischt einen kalt mit seinem kalten Auge am hellichten Tag, und man kann an nichts mehr anderes denken und muß froh sein, wenn man nirgends dagegen rennt, wenn man noch den Ausgang aus dem Wirtshaus findet und dabei die Flaschen nicht fallen läßt.

Der junge Horst hat zwei echte Augen und jederzeit einen speziellen Spaß auf den Lippen, von dem man vorher nie weiß, wie weit er geht. Wer bei ihm ein Gulasch bestellt, dem bringt er eine Essigwurst. Nach der ersten Verblüffung gefällt das manchen Gästen. Zwischen Bestellung und Gebrachtem lauert hier das ländliche Abenteuer. Besonders auf die Sommergäste hat es es abgesehen. Der junge Horst mag alle seine Gäste, aber besonders die Holländer, weil die sich über seine Späße krumm lachen, was, wie der junge Horst den Stammgästen erklärt, mit den Blumen in Holland zusammenhängt. Bei so vielen Blumen ist die Stimmung von Haus aus besser.

Manchmal fährt der junge Horst mit seinen Gästen fischen. Wenn alle in der Feuerwehrzille schaukeln, versenkt er ein löchriges Netz drei Meter vom Ufer entfernt. Dabei erklärt er jedem extra, daß hier niemand wagen würde ins Wasser zu steigen, wenn die wüßten, was er und die Feuerwehrtaucher wissen. Nach einer Dames holt er das Netz wieder ein und zerrt umständlich an dem kleinen, schleimigen Kaulbarsch, der sich so in den Nylonschnüren verhängt hat, daß man ihn unmöglich mit der Hand herauslösen kann. Also greift der junge Horst zu seinem stumpfen Taschenfeitel und schnippelt ein weiteres Loch ins Netz. Dann wirft er den "Schratz" mit einem "Schleich dich!" ins Wasser und rudert seine Mannschaft wieder ans Ufer. Die Touris sind entzückt. Für sie ist das, was jetzt nach Luft ringend an der Oberfläche treibt, ein Nilbarsch und die Donau der Kongo. Jung-Horst ist trotz Lederhose sowieso ein Negerhäuptling. Nach dem Abenteuer ist der Appetit auf Horsts Essigwurst besonders groß, und alle flüchten in den Gastgarten unter den Kastanienschatten, wo schon der alte Horst mit den anderen Pensionisten schnapst.

Der einzige, der jetzt aus dem Schatten tritt, ist der Wurmfranz. Er heißt deshalb so, weil er im Schlamm der Donau nach Würmern gräbt, die er an mehrere Fischergeschäfte in Linz verkauft. Wurmfranz bestreitet seinen Lebensunterhalt mit diesen Verkäufen. Deshalb ist es wenig verwunderlich, daß er der Gerlacher-Beate nachsteigt, die jetzt schon, mit 27, die riesigen Höfe geerbt hat, die in der Öxlau an der Donau liegen. Plus Wald und Eigenjagd und Pension und Gästezimmer und Pferde und Hunde und Damwild. Alles im Plural. Sie sucht auch nach dem Richtigen. Verzweifelt fast, weil sie jeden vorbeikommenden Mann unter 40 und über Einssiebzig in ein Gespräch zieht und mit Sie anredet und auf den wartet, der davor nicht erschreckt. Das schafft fast keiner, weil die Böa so schön ist, daß man sie nicht lange anschauen kann, ohne sich für den schönen Rest der Welt zu schämen.

Wurmfranz ist nicht eifersüchtig, weil er weiß, daß der Richtige nicht kommen kann, weil er ja schon da ist. Wurmfranz ist geduldig und umkreist das Gut in immer engeren Schleifen. Bald wird er sein Wurmschiff vor dem Riesenhof abstellen und dann wahrscheinlich nicht mehr so oft auf die Donau hinausfahren. Sollen die sich ihre Würmer selber ausgraben.

Am späteren Nachmittag fährt manchmal ein Wikingerschiff von Obernach Untermühl. Anführer und Erster an Bord ist der Lolsi, der alles dirigiert und jedem seiner zahlenden Kunden ein authentisches Bild davon vermittelt, wie schlau Wicki und die starken Männer wirklich waren. Bis auf Wicki sind immer alle dabei. Gerudert wird nur am Anfang der Fahrt. Bald schon wird nach dem Proviant gegriffen, und die Donau hilft sowieso mit und spült das Schiff irgendwie stromabwärts. Wenn der Proviant zu Ende geht, wird der Wunsch laut, vorbeifahrende rumänische Lastschiffe zu kapern. Den Kampfruf "Rumänen zu den Hyänen" hat angeblich der Lolsi selbst gedichtet. Dieser Ruf ist sehr beliebt und wird sogar noch im Liegen hervorgebracht. Bis jetzt ist es dem Lolsi aber immer gelungen, seine Mannschaft im Zaum zu halten. Mit einem Reservefaß. Deshalb, weil der Lolsi einer mit Weitblick ist, zeigt der Wurmfranz auch ein gewisses Unbehagen, wenn das Wikingerboot in der Öxlau zwischenstoppt und vor Anker geht. Neben Lolsis Donaureiter wirkt Wurmfranzens Wurmkahn wie eine lepröse Socke. Das sieht jeder. Auch die Böa, die aber in letzter Zeit immer öfter ins Ausland fährt zu französischen Verwandten und hoffentlich irgendwann dortbleibt, damit in Untermühl kein Wettrüsten entsteht.

Wenn Lolsis Schiff in Untermühl ankommt, steht der dicke Mann vom Yachthafen mit seinem Gucker auf und sieht hinüber. Sein Boot ist sein Wochenendhaus. Gefahren ist er schon ewig nicht mehr, weil er sich den Sprit nicht mehr leisten kann. Deshalb holt er sich die Welt mittels Gucker heran. Die Ansaugkraft seiner Augen ist schon beträchtlich. Manchmal gelingt es ihm, Fische, die zu nahe an der Oberfläche stehen, direkt auf sein Boot zu saugen. Einmal hat der dicke Mann einen Fischer unauffällig beobachtet, aber plötzlich hat der die Hose hinuntergelassen und mit den Backen in den Gucker hineingewackelt und geglaubt, er würde den Dicken bloßstellen. Der Dicke hat aber nicht versucht unauffällig weiterzuschwenken, sondern nur am Guckrad gedreht und noch schärfer gestellt.

Foto: Archiv E. Messer

Gregor M. Lepka

Die Donau zwischen Linz und Urfahr

1
Den Nachmittag an der Donau verbracht,
auf der einen Seite in Urfahr
mit dem Blick auf das Schloß
und den Pfenningberg, später dann,
als die Sonne zu sinken begann,
auf der anderen Seite in Linz
mit dem Blick auf den Pöstlingberg
im Skulpturenpark an der Donau.

2
In Urfahr haben sie über die Jahre hin
viele Wirtshäuser abgetragen
und Beton verletzt jetzt den Horizont.
(Franz Kain, der große Wirtshauskenner
und Kenner von Urfahr, weiß davon
ein Lied zu singen in Prosa.)
So lebt die Erinnerung in der Sprache.

3
Vor der Klangwolke über dem Strom
im Blitzlicht flüchte ich meistens.
Extrem experimentelle Musik im Brucknerhaus
höre ich gemeinsam mit ganz wenigen Menschen,
die ich nicht kenne - also allein.

4
Ein Frachter - flußaufwärts, flußabwärts -
ein Passagierschiff mit Winkenden,
eine kurze Illusion von Welt.
Ich werde eine Reise machen,
nehme ich mir vor, in diesem Sommer.

5

Jeder Fluß ist auch ein Traum
von Ursprung und Mündung,
von Uferwegen - es regnet,
ich ziehe mich in die Altstadt zurück,
trink ein Glas Bier in einem alten Gasthof,
den ich finde, aus einer Zeit
zurückgelassen, als ich noch weniger
müde war. Dann gehe ich über die Brücke.
Es regnet noch.

Richard Wall

FLUVENAL

I
Mein lieber schwan
riverrun
höckert zum
uferdamm
Moldau und Don
au wie tun
weh(e) die nicht
wisser am
wasser die gicht

II
Verbaut meisterlich
uferband
verdämmt au
himmelsblau
und Donaustrand
blässhühnerstock
entenlach:
mövenhickhack
brettlvormhirn

Roman Weyand

Donauphantasie

so tief
die gestalt

tauchen
nach
figuren

goldenen büchern
lampenschirmen

alten schuhen

zwei dosenöffnern

zwei alten betten

Elfriede Haslehner

Überschwemmungsgebiet

vorläufig können wir sicher sein
der rasen ist saftig
und über dem treibholz
vom vorigen jahr
haben die weiden
ihr grün ausgetrieben
zuversichtlich und weiß
stehen fußballtore
einander gegenüber
aus verborgenen nestern
steigen lerchen
und ihre lieder
übertönen den wind

vorläufig können wir
über wiesen wandern
und in bombentrichtern
uns sonnen
aber niemand kann sagen
wann das wasser steigen wird
die nächste flut
wird sicher kommen
und ihren schlamm
über den rasen breiten
und die brütenden lerchen
in ihren nestern ertränken

Aus: Spiegelgalerie, Wien 1971

Lisa Fritsch

Sobald wir stromaufwärts schauen

Sobald wir stromaufwärts
schauen
auf die Biegung
des Ufers
auf eine lange Kindheit
zurück
entzieht sich der Fluß
unserem Geleit

Gedicht aus dem Landsat-Zyklus (Deuticke 1995)

Jutta Skokan

Ausgang ist Eingang

Für Närrinnen
keine Fische.

Anleitung
mißachtet.

Wassermarke.

Versprechen
an and're
gehalten.

Frei
für das Schwarz
unter Zügen.

Christian Horvath

Über der Donaumitte

Über der Donaumitte hängt ein Käfig. Ein Kran wurde herbeigeschafft, groß wie - ich weiß es nicht. Groß jedenfalls. Der Käfig wurde hinaufgehievt auf 50 Meter über dem Wasser, wurde mittels ausfahrbaren Kran-Armen hinausbefördert, ungefähr zur Mitte der Donau. Im Käfig sitze ich.

Eine hübsche Kuppel, ein Panorama-Blick nach oben. Der minimale Abstand der Streben zersplittert die Sicht zur Seite. Ein Kaleidoskop aus Stahl. Da hänge ich also - metaphorisch - und beobachte. Andere beobachten mich. Wieder andere wollen mich ablichten. Aber ich bin ja kein Tier in einem Käfig. Weg, hinfort mit euch, sucht euch ein anderes Objekt, fotografiert die Donau, meinetwegen!

Diesen Fluß unter mir, der einmal träge fließt, dann sich verwandelt in einen Strom, der Landschaften verschlingen könnte. Wären die Ufermauern nicht in den Himmel gebaut worden. In diesen blauen Himmel, der dem Wasser die Farben entwendet hat. Die Donau mußte sich eine neue Schicht zulegen. Sie hat sich für Grün entschieden, ganz entschieden. Ein Grün, unreife Tomaten schwimmen in Vielzahl, das Gift der Galle in Massen, wandelt durch dieses Bett, über tausende Kilometer, durch Groß- und Kleinstädte, reiche Landschaften, arme Reichschaften, durch Reiche, gefüttert durch Arme, am Leben erhalten, zum Sterben zu mächtig.

In luftigen Höhen sehe ich, in lustigen Höhen höre ich. Ich höre - ein Knipsen. Weg, kusch, verschwindet. Möwen kreischen, eine Möwen-Armada schwirrt um meinen Käfig. Sie öffnen ihre Schnäbel, wie Krokodile bereit zum Fressen, und schreien in der ständig gleichbleibenden Tonlage, stockendes Blut in meinem Kopf, könnte ich euch nur fassen, einzeln, jede einzelne, aber die Gitterstäbe, zu eng, meine Hand bleibt im Inneren, ungewollt und unbrauchbar.

Ich erkenne einen Baum, Treibholz. Welches Unglück mag dieser Baum erlebt haben, ein Schicksalsschlag, schwimmen in diesem trüben Element. Abgeholzt, nein, er ist ausgerissen. Seine Wurzeln streben aus dem Wasser, Fangarme einer Krake, nach Hilfe rufend, SOS schreiend, warten sie auf den Rettungsring, auf den Freischwimmer, der sie frei macht und mit ihnen ans Ufer schwimmt. Dorthin, wo die Ausflugsschiffe warten.

Boote schlagen gegen die Kaimauer, die Donau wehrt sich. Sie beginnt sich zu wehren, mit den Mitteln einer alten Dame. Ausdauer und Geduld. Zwischen den grünen Wellen sehe ich klares Wasser, ich erkenne die Schlingpflanzen am Grund, ganze Wälder von leise schlingernden Farnen. Die Ausflugsschiffe sind verlassen. Hat die Donau die Passagiere schon verschlungen, hineingezogen in einen mitreißenden und nicht mehr loslassenden Strudel, der sie nicht mehr ausspuckt, nur mehr hinabzieht und sie dann am Weg irgendwo zurück läßt, wie unachtsam weggeworfenen Müll.

Boote zerschneiden das Wasser, teilen es wie mit einer Säge, sogar die Splitter kann ich sehen, Keile in den Wellen, Tropfen wie Pfeile. Sie ergießen sich am Ufer, verenden im Kies, versinken im Sand.

Meine Behausung ist ein Spielzeug des Windes, wankt hin und her, hin und wider. Kinder werfen mit Steinen. Ich kann nur die Steine hören, wie sie an den Gitterstäben klingend abprallen.

Das Seil gibt nach, der Wind hat es zersetzt, ein Krach - und ich segle. Richtung Donau, in die Fluten, ins Naß. Eingetaucht, die Schlingpflanzen streicheln meinen Käfig, winden sich durch die Abstände zwischen den Stäben, durchdringen meine Behausung, breiten sich aus, setzen sich fest, und prall gefüllt ist der Käfig. Es biegen sich die Balken, es wölbt sich die Kuppel, Freiheit, frei sein, dem Käfig entfliehen, atmen.

Doch die Schlingpflanzen haben meine Knöchel fest im Griff.

Hahnrei Wolf Käfer

Wozu ein Namen für das Ganze?

Die Abenddämmerung über dem Strom konnte sich nicht recht zwischen wolkigem Violett und kitschigem Rosa entscheiden, also zeigte sie beides. Da oben war Platz genug für alles. Die Farben brauchten nicht ineinanderzufließen, jeder stand ihr eigenes Areal zur Verfügung. Das wulstige, bauchige Violett mehr dem Horizont zu, fast wie ein Ring um die in nuancierten Rosatönen gefärbte große Mitte. Das ruhig dahinziehende Wasser malte den Himmel im Stil der Impressionisten nach, löste alles auf, die geriffelte Fläche schimmerte in einen unaufhörlichen Wechsel von Farbpunkten. Was für eine reiche, bewegliche Palette! Unfaßbar die Menge der Nuancen, der Abschattungen jedes einzelnen Farbtons. Der Blick in diesen Spiegel beeindruckte vielleicht noch mehr als der nach oben. Es verwunderte vielleicht kurz, daß man hier in den Himmel hinunter schaute, gleichsam von oben in den Himmel hineinschaute, aber das war schnell als Ablenkung abgetan. Ohne Anstrengung waren im farbigen Wasserspiel immer wieder vertraute Figuren zu erkennen, sie ergaben sich, zerfielen sofort wieder, setzten sich neu zusammen. Die Vergänglichkeit jeden Bildes tat wohl, nichts suchte nach Gewichtigkeit, nichts hier brauchte die Prüfung durch die Zeit zu bestehen, alles war für den Augenblick gemacht. Nur für den Augen-Blick. Dazu die sanften, eintönigen Melodien des Wassers, das Plätschern und Glucksen, das Zwitschern und Singen, bisweilen wie von gurgelnden Frauenstimmen hoch angetragene Seufzer. Das Herz pocht, die Atmung geht, der Kreislauf der Bilder und der des Blutes werden eins und zeitlos. Und da taucht sie aus einer Welle auf, blutjung, das nasse Haar klebt am Kopf, über die feuchten grünlichen Wangen rinnen Tropfen, die blassen Lippen glänzen.

"Ich glaub", ich hab ein bißchen viel erwischt", stöhnt es.

"Mußt du speiben?" erkundige ich mich, ruhig sitzen bleibend, einfühlsam. Die Augen noch immer draußen auf dem Wasser.

"Ich glaub' nicht", sagt sie. "Der Kreislauf ..."

Ihr Puls plätschert etwas träg dahin. Könnte besser sein. Die Atmung ist ein wenig unrund. Das Bedrohlichste ist dieses Schwitzen, das auf einen Kollaps hinweist. Beengende Kleidungsstücke öffnen, das weiß man. Ruhig lagern fällt weg, sie liegt schon einige Zeit flach neben mir. Beengt ein BH? Trägt jemand mit so wenig Oberweite überhaupt einen? Und was für einen vertrackten Verschluß wird er wohl haben?

Und wie ist es mit der Flüssigkeitszufuhr? Kann nie schaden. "Möchtest du etwas trinken?"

Sie schüttelt den Kopf. Stöhnt wieder.

Ich bin nicht der Hüter meines Bruders. Der Satz kommt von irgendwo draußen und scheint sehr alt zu sein. Klingt irgendwie nach Ursprung. Wer auch immer sie ist, Bruder ist sie nicht, fällt mir dazu ein. Ich weiß ja nicht einmal ihren Namen. Ihre Jeans sind jetzt jedenfalls offen, der Reißverschluß klafft kaum, so dünn ist sie. Kann sie nicht sehr beengt haben.

Währenddessen ist stromabwärts ein Schlepper ins Bild gekommen, Ich stelle mir einen Kahn vor, randvoll mit Gaben aus dem Morgenland.

"Willst du weglaufen?" Sie schrickt hoch. Ihre Stimme klingt gequält und besorgt.

"Ich laß dich da nicht allein", versichere ich. "Muß nur schnell einen Baum bewässern."

Sicherheitshalber verstecke ich, was ich mithabe, unter einem Stein. Ist ein bißchen mehr als man als Tagesbedarf durchgehen läßt. Dann gehe ich zurück zu ihr. Ich schwebe zurück und es fällt mir leicht, weil ich ihr gegenüber keine Verpflichtung habe.

"Gib mir deine Hand". Sie faßt danach, hält sich fest, drückt sie mit ihren zarten Fingern. Soviel Kraft, so viel Energie hätte ich bei jemandem, der soeben kollabiert, nicht erwartet. "Ich war schon sicher, daß du nicht wiederkommst."

"Ist doch selbstverständlich. Ich laß dich doch nicht so liegen." Die Selbstverständlichkeit erwächst daraus, daß noch kein Haß ist zwischen uns, keine Geschichte, keine sogenannte Gemeinsamkeit. Da begann etwas zusammenzufließen, gewiß, aber es hat sich noch nichts vermischt. Ein bißchen kühl weht es jetzt von der Wasserfläche her, aber das wird ihr gut tun.

Sie setzt sich auf, krümmt sich, legt sich wieder auf den Rücken. "Es kommt in Wellen", behauptet sie mit einer Spur Weinerlichkeit in der Stimme, und faßt erneut nach meiner Hand. Ich habe schon viel erlebt, vor allem bei jungen Leuten, die keine Erfahrung im Umgang damit haben. Beruhigende Worte habe ich genug auf Lager, aber ich belasse sie dort für den Fall, daß sie später dringlicher gebraucht werden. Soll doch ihre Phantasie selbst und unbeeinflußt bestimmen, wohin sie geht. Ich hasse es nur, wenn jemand den großen Tanz spielt, und man merkt, daß es nicht echt ist. Ich kann es einfach nicht leiden, wenn einer sich willentlich zu irgendetwas hintreibt, wo er gar nicht hingehört. Oder eine. Und dabei so tut, als sei sie ausgeliefert bis zum nicht mehr Wissen, was sie tut. Manche wollen eben mehr aus sich rausholen, als drin ist in ihnen. Das ist zum Kotzen.

Sie krümmt sich noch einmal, stellt die Beine auf. Was für spitze Knie. Dann krümmt es sie wieder, sodaß sich ihre Schultern aus dem Gras heben. "Ich glaube, ich krieg' es jetzt. Ich glaube, es kommt."

"Es hilft angeblich, wenn du dazwischen tief atmest", sag ich, und erwidere ein wenig den Druck ihrer Finger. Der Boden unter mir ist hart und trocken, die Hand aber ist heiß und feucht von Schweiß. Ich rück ein wenig näher, um ihr eine Haarsträhne aus dem Gesicht zu wischen. Muß unangenehm sein, direkt überm Auge. Die Stirn glänzt naß, greift sich kalt an.

"Ooooooch". Leise und dezent. Dann wieder das angeratene tiefe Atmen. Sie tut es wirklich. Ich ertappe mich dabei, wie ich die Zeitspannen von einer Attacke zur nächsten abzuschätzen versuche. Werden die Intervalle kürzer?

Der Schlepper draußen ist schon fast auf unserer Höhe. Auf dem Zugschiff brennen mehrere kleine Lampen, deren Schein auf dem Wasser irrlichtert. Wie er sich hinaufmüht, gegen den Strom. Das Schnauben der Motoren, übers Wasser unverstehbare Rufe, unnütze Sprechakte in einer unbekannten Sprache. Noch immer denke ich, daß es ein Kahn aus dem Morgenland ist, voller Kostbarkeiten. Tief im Wasser liegend wegen seiner Fracht von schweren Träumen. Nicht irgendein Krempel, mag der auch aus purem Gold sein, nicht irgendein wertvolles Gerümpel, das bei einer Versteigerung hohe Preise erzielt. Die Substanz, ob braune Platten oder weißes Pulver, ob dürres Gras oder zähes, schwarzes Öl, ist völlig nebensächlich. Wann hätte auch je die Substanz den Wert einer Sache ausgemacht? Erst was sie mit uns tut, ist eine Geschichte von Belang. Falls es prickelt in den Augen des Betrachters, ist das Gold echt. Wenn der Betrachter aber achtlos die Achseln zuckt, ist es bloß Fälschung und Plunder.

"Gleich", sagt sie mit sehr enger Kehle, "gleich -"

Als müßte sie mich vertrösten, als müßte sie von mir Geduld erst einfordern. Ich bin eine Million Jahre alt, und ich bin immer nur dabeigesessen. Oder ich hab irgendwo gewartet, bis es vorbei ist, wenn eine Kultur die

Anwesenheit von Männern dabei nicht duldete. Ich war voll Erwartung und Stolz oder ich war voll Demut und Sorge. Ich hab Handlangerdienste geleistet, ich hab getan, als ob es mich nichts anging, ich hab die bösen Geister vertrieben, ich habe sie auf mich abgelenkt. Je nachdem, was erfordert wurde. Es ist nicht nötig, von mir Geduld zu verlangen. Wie sollte ich auch ungeduldig sein bei etwas, das sich nicht beschleunigen läßt?

Neuerlich eine Welle. Meine Hand zumindest preßt sie tatsächlich, wenn es sie wieder krümmt, ihren Oberkörper wieder aus dem Gras hochzieht. Wer gibt schon etwas auf die Reihenfolge der Akte, wenn es für sie wichtig ist. Der zaundürre Körper arbeitet mächtig, das spüre ich trotz dem Abstand zwischen uns. Sie scheint den Rhythmus der Bugwellen aufgenommen zu haben, die vom Schlepper kommend jetzt gemächlich ans Ufer schlagen. "Jetzt", sagt sie, "Jetzt". Ihre Knie hat sie noch weiter geöffnet, ihre Sohlen flach auf der Erde.

Manche sind nackt wie die Tiere dabei. Anderswo gibt es eigene Umhänge, die alles umhüllen, verbergen. Manche ziehen sich dabei zurück an einen einsamen Platz, andere suchen erfahrenen Beistand, bei wieder anderen hilft das ganze Dorf mit seinen Gesängen mit. Was tut schon die spezielle Situation zur Sache? Es ist immer einmalig, wie eine Geschichte, die sich nicht einordnen läßt ins beruhigende Schema. Eine von den Geschichten, die weiterwachsen, wenn sie eigentlich schon vorbei sind. Einmalig, einzigartig, die Frauen merken sich die Uhrzeit und wie lang es gedauert hat. Und sie erzählen so gern davon, auch wenn nichts dabei rauskommt. Weil es doch nicht so einzigartig ist, weil es die alte, alte Sache ist. Nicht nur einzelne, ganze Geschlechter tauchen auf, gehen wieder unter. Irgendwo die Quelle, irgendwo das Meer des Vergessens, in das alles mündet.

Ich weiß nicht, ob es Lachen ist oder Weinen, was sie von sich gibt, auf jeden Fall klingt es angestrengt. Sie preßt jetzt mit aller Kraft meine Hand auf ihren Bauch, etwas oberhalb des Nabels, ihre andere Hand hat sie darübergelegt, damit auch die mitdrückt. Die Bauchmuskel sind angespannt. Jetzt ist es so weit, ich weiß es, ohne daß sie es mir mitteilen muß. Ein schwerer Seufzer. Noch einer. Und dann strömt es aus ihr heraus, ein langer, nicht enden wollender Atemzug der Erleichterung.

Es hat nicht so lang gedauert. Vom Schlepper sind über dem Dunkel der Wasserfläche noch Lichter zu sehen. Ich habe einen dunkelvioletten Kreis vor Augen, das glitschige Rosa ist verdeckt. Daß wir alle, wenn es mit rechten Dingen zugeht, mit dem Scheitel voran auf die Welt kommen, mit dem Scheitel voran uns durch die Probleme bohren, mit dem Scheitel an den Himmel stoßen, wenn es sein soll.

Ich habe ihr die Stirn trockengewischt, mehrmals. Das Gesicht wirkte noch immer grünlich. Ich habe ihre erschöpften Wangen gestreichelt. Als sie sich später aufsetzte und mit ihrem knochigen Rücken an mich kuschelte, hab ich sie gehalten wie eine Schwester. Vertraut, eng und erleichtert, daß sie mir nicht lang und breit erzählen wollte, wie es war. Wie es war bis zu diesem Punkt, wo sie nicht mehr weiterwußte. Wir brauchten keinen Namen für das Ganze. Unter meinem dünnen weißen Pullover, den ich über sie gebreitet hatte, sobald es vorbei war, und der noch jetzt wie ein Taufkleid auf ihr lag, machte sie später, an mich gelehnt, ihre Jeans wieder zu.

Ich hab mich in der Schulzeit schon gewundert, wie es möglich wäre, daß einer die Quelle des Nils entdeckt. Zur Quelle geht es stromaufwärts, gut. Aber da fließen so viele Bäche ineinander, welcher ist da noch der Nil? Mir war das immer verdächtig, ich vermute noch heute, daß Livingstone irgendein dummes System dabei hatte, jeden zweiten Zufluß rechts, jeden zweiten links, oder etwas Derartiges. Oder ging es ihm nur darum, den längstmöglichen Flußverlauf zu finden, wie die Fürsten des Mittelalters vorgaben, von Caesar oder Noah abzustammen?

Zwischen uns gab es keine Geschichte rückzuverfolgen. Als wir uns erhoben, hellte sich der Himmel auf, auch das ein Vorgang ohne Beginn. Der Morgen kam ohne Farben. Ich ging zu dem Stein und holte meine Sachen, die ich für alle Fälle dort versteckt hatte. Bevor ich das Zeug einsteckte, brach ich ein kleines Stückchen für sie ab, wickelte es in die Zelophanhülle der Zigarettenschachtel. Sie zögerte, es zu nehmen, sah es dann länger an und meinte "Nur als Andenken", bevor sie es in die Hosentasche schob.

Das ganze Stück Promenade lang, das wir gestern abend gegangen waren, konnte sie sich nicht entscheiden, ob sie meine Hand halten oder nicht halten wollte. Einmal, da hielt sie gerade wieder meine Hand, faßte sie mit der anderen meinen Oberarm und drückte ihn fest an sich. Entlang der Häuserzeile dann gingen wir frei nebeneinander. Dort, wo die Gasse von der Diskothek, vor der wir einander kennengelernt hatten, auf die Uferstraße traf, lag ein Betrunkener. Er hatte erbrochen, gurgelte beim

Atmen und bot wirklich keinen besonders erfreulichen Anblick. "Tschau", sagte ich zu ihr und kümmerte mich um den Kerl. Als ich hochblickte, war sie schon sehr weit weg.

Foto: E. Messer

Renate Wiggershaus

Donauaufwärts - durch Wachau und Strudengau

Ich habe Zeit. Ich habe einen ganzen Tag Zeit für die Rückfahrt von Wien nach Frankfurt am Main. Es ist Ende Juni. Wolkenberge blitzen. Dieser Tage gehört mir. Noch nie war ich die Donau entlanggefahren. In einem Straßencafé in Tulln, dem römischen Comagenae, trinke ich einen ersten Kaffee. Umschlendere die Stephanskirche. Betrachte die Halbfiguren der Apostel auf dem romanischen, von Barocktürmen flankierten Westportal. Zwischen ihnen der Doppeladler. In seinen Klauen Türkenköpfe. Schreckbilder gegen die Invasoren aus dem Osten. Hinter der Pfarrkirche ein Karner aus dem 13. Jahrhundert. In seiner Krypta die Gebeine der Toten, darüber die Dreifaltigkeitskapelle, unter dem Bogen einer der Blendarkaden die Figur des Stifters. Von Wind und Wetter blank gewaschen. Und rings um den polygonalen Bau der Geist des Baumeisters, verspielt, an den Palmettenkapitellen des Portals sich zu herber Strenge verdichtend.

Zwischen Schilfgürteln gelange ich in eine Feld- und Wiesen-Ebene, komme durch kleine Orte, an deren Rändern Gemüse- und Blumengärten liegen, fahre an Krems vorbei, inmitten seiner Rebhänge, an Dürnstein, in dessen Burg einst Richard Löwenherz gefangen saß, an der trutzigen Wehrkirche des Erzengels Michael, der Luzifer aus dem Himmel gestürzt hatte, an Weinbergen und Waldstücken, und immer den Strom zur Linken, weidengesäumt, glitzernd und blitzend zwischen den Stämmen: am Ufer Tabakfelder, Maisäcker und dann wieder Walnußbäume, Kirschen, Mirabellen.

In Spitz, am Fuß des "Tausendeimerbergs", kaufe ich Honig bei einer alten Frau. Ich reiche das Geld durchs Küchenfenster, und sie gibt mir das Glas auf die Straße. Ein Blick in die Kirche. Die zwölf Apostel auch hier. Mit Schlüssel und Schwert, Buch und Kreuz, Lanze und Beil. Geschnitzte buntbemalte Figuren an der Orgelempore. Über dem Barockaltar ein Ölgemälde, das die Enthauptung des Mauritius im dritten Jahrhundert zeigt.

Die Donau, die Uferwege, Schlösser und Burgruinen - alles lädt zum Verweilen ein, aber der Zeiger der Autouhr rückt unerbittlich weiter. Es geht schon auf Mittag zu, der Tag ist kein ganzer Tag mehr. So folge ich nicht dem Wegweiser nach Artstetten, zum Schloß, das vor einhundertdreißig Jahren Erzherzog Maximilian gehört hatte, dem Kaiser von Mexiko, der am 19. Juni 1867 in Querétaro von Republikanern erschossen wurde. Das später in den Besitz des Erzherzogs Franz Ferdinand überging. Jenes Thronanwärters, der zusammen mit seiner Frau Sophie bei einem offiziellen Besuch am 28. Juni 1914 durch Sarajewo fuhr und von Gavrilo Princip, einem der sieben Attentäter, die an ihrem Weg postiert waren, aus nur zwei Metern Entfernung erschossen wurde. Ihre drei Kinder wurden im Zweiten Weltkrieg nach Dachau deportiert, kehrten aber nach Artstetten zurück. In Gedanken folge ich der Donau über Linz und Passau bis zur Isarmündung, dann isaraufwärts bis nach München. Die Eisenbahnschienen, auf denen die Güterzüge mit den Deportierten Richtung Deutschland fuhren, verlaufen am jenseitigen Ufer.

Dort erhebt sich nun auf hohem Felshügel das Kloster Melk. Ich erinnere mich an die Stiftskirche, die ich als Kind gesehen hatte, ein Rausch aus Gold und Rot, aus Braun, Orange, Gelb und zieselierendem Grau, sprühend, licht und leicht. Als die Sonnenstrahlen durch die hellen Fenster brachen, griffen die Engel in die Saiten von Psalter und Harfe, alles erglänzte, Posaunen erklangen, Trompeten, Schalmeien und Hörner mischten sich ein. Blendendes Gleißen. Allgegenwärtiger Jubel. Der Feind war geschlagen. Ohne die Türken vor den Toren Wiens wurde die Erde zum Paradies. Ich erinnere mich, eine riesige Bibliothek gesehen zu haben, vergoldete Holzfiguren an den Türen; im Raum war es still; auf der Terrasse grelles Sonnenlicht; ich ging durch einen Marmorsaal mit Scheinarchitekturen aus Stuck, im Deckenfresco viel Trogerblau, irrte weiter durch Gänge und Säle auf der Suche nach etwas, das sich zu entziehen schien, vorbei an der mit Flußperlen und Goldfäden bestickten Mitra, an dem romanischen Kreuz vorbei mit dem in sich gekehrten Christus, in den Raum mit dem Flügelaltar. Da fand ich mich wieder vor der Tafel mit der Dornenkrönung von Jörg Breu. In einem roten, mit goldenen Ornamenten bestickten Königsmantel, der auseinanderfiel, saß Jesus nackt, gedemütigt. Drei Schergen drückten ihm mit über seinem Kopf gekreuzten Stangen die Dornenkrone so tief in die Stirn, daß sich das Holz bog. Hinter ihm holte einer mit einem Schemel zum Schlag aus. Vor ihm fiel ein anderer aufs Knie, riß sich mit beiden Händen Mund und Augen auf zur Grimasse. Vor seinem Geschlecht baumelte ein Dolchgehänge aus schwarzem Leder. Darüber das auseinanderklaffende Wams, aus dem ein feister Bauch, ein unschuldiger Bauchnabel sprangen.

"Diese Leiden dieses Mannes, sie scheinen unbeschreiblich, unaussprechlich, unausdrücklich...", diese Verse fallen mir ein, obgleich mit ihnen ein Früherer als Christus gemeint war. Was ist Kunst anderes, als der Versuch, das Unbeschreibliche zu beschreiben, das Unaussprechliche zu sagen, das Unausdrückliche auszudrücken? In Formen und Farben, in Stein, in Klängen, in fortlaufenden Bildern? Sonnenflecken spielen auf der Straße. Zwischen den Lidern ein Blitzen. Ich fahre auf den nächsten Parkplatz, gehe durch die Auen zum Flußufer, lege mich in den flirrenden Blätterschatten einer Silberpappel. Der Himmel ist eisblau. Zirrhuswolken darüber geweht. Weiße Majestäten, die ihre Schleppen und Schleier langsam nach sich ziehen. Das dunkle Kreisen eines Bussards, höher und höher, und weiter, weiter, ein schwarzer Punkt, ein Flimmern, das in der Unermeßlichkeit der Bläue erlischt. Gras- und Ligusterdüfte umhüllen mich.

Den Hund sehe ich erst, als er dicht vor mir steht. Bernsteinfarbenes Leuchten in den Augen. Zwischen den Zähnen ein Holzstock. Ein Pfiff, der Hund wendet den Kopf. Faßt mich wieder ins Auge. Herrisches Alex-Alex-Geschrei, wir starren uns an, kommst du jetzt, wütender werdend, und der Hund in großen Sätzen davon.

Ich rasch auf die Beine und weiter. Erst in Grein mache ich Halt. Auf dem Marktplatz mische ich mich unter eine Gruppe von Jugendlichen, die in das Rathaus strömen, die Holztreppe hinauf, durch einen gewundenen Gang über Stufen und Treppchen in ein Theater, das die Bewohner von Grein Ende des 18. Jahrhunderts in einen alten Getreidespeicher gebaut hatten. Rokoko und ganz aus Holz, das älteste bürgerliche Theater in Österreich, mit eineinhalb Hundert Sitzplätzen, echten Sperrsitzen, die Schlüssel hängen an der Wand. In der Westmauer der Gemeindekotter, ein Kerkerblock, in dem der Gefangene durch ein Gitterfenster zuschauen konnte. Und auf der anderen Seite hinter roten Samtvorhängen das Plumpsklo des Theaters. Man brauchte sie von innen nur ein wenig auseinanderzuschieben, um einen Blick auf die Bühne zu haben. Vom Marktplatz führt ein Fußweg zum Schloß, in dem August Strindberg mit seiner zweiten Frau Frieda Uhl wohnte. Ich stelle mir vor, wie er die Schloßtreppe hinablief, in den eleganten dreigeschossigen Arkadenhof trat, weil er nicht schreiben konnte, weil er kein Geld hatte, weil er als Dichter nicht anerkannt wurde, wie er zurücklief, seine Sachen packte, hadernd, verletzende Worte rufend, den Koffer auf eine Kutsche warf und nach Clam fuhr.

Und ich hinterher.

Er stieg im Fraundorfer Gasthof ab, wohnte in dem Zimmer, das in dem Schauspiel "Nach Damaskus" zur Rosenkammer wird. Hoch über dem Ort, in der im Wald gelegenen Burg Clam, überließ ihm der Graf eine Stube, in der der Alchimist Gold herzustellen versuchte.

"Glaubst du, ich mache Gold, um uns und die anderen zu bereichern? Nein! Um die ganze Weltordnung zu zerstören und zu vernichten. Ich bin der Zerstörer, der Auflöser, der Weltverbrenner. Und wenn alles in Asche liegt, dann werde ich hungrig zwischen den Schutthaufen umherstreifen und mich an dem Gedanken erfreuen: dies habe ich getan! Ich, der das letzte Blatt der Weltgeschichte schrieb, die damit als abgeschlossen gelten kann."

Worte des "Unbekannten", der sich in Strindbergs Drama auf der Suche nach Frieden und Glück verzehrte.

Als Kind war Strindberg von seinem Vater mit dem Stock in der Hand gezwungen worden, ein Vergehen zuzugeben, das er nicht begangen hatte. Schraubenmuttern, die er gefunden hatte, sollte er gestohlen haben. Und hier sitzt der Dichter, dessen Stücke einen düsteren Glanz auch in meine Jugend geworfen hatten, als menschengroße Puppe zwischen Gläsern und Büchern in einer winzigen Stube unter der Treppe.

Ich trete auf den unregelmäßigen, arkadengeschmückten Innenhof. Zwischen den Säulen stürzen Petunien über die Brüstung, wilder Wein umrankt die alten Mauern, an den Treppenaufgängen rote Geranien und Büsche blauer Hortensien. Ich denke an die vielen Hände so vieler Arbeiter so vieler Jahrhunderte, die diese ländlich intime Schönheit in Szene gesetzt hatten. Was für ein merkwürdiges Zusammentreffen, Strindberg und ich in diesem entlegenen Winkel des Strudengau.

Auf kleinen Straßen fahre ich zur Donau hinunter. Grandiose Blicke auf verblauende Hügelketten, auf Felder und Wiesen, ein Dreiklang aus Grün und Blau und Braun. Eine melancholische Stimmung erfaßt mich. Ich weiß nicht, ob sie in mir oder in dieser Weite ist. Eine Wehmut, wie sie einen ergreift, wenn plötzlich in der funkelnden Mittagszeit am Meereshorizont ein Schiff erscheint, blendend, vor weißblauem Himmel, und weiterzieht, lautlos, als hätte es diese Welt nur gestreift.

Kurz vor Mauthausen erreiche ich die Uferstraße. Mauthausen? überlege ich, als ich an einer Zeile ländlich provinzieller, reich verzierter Bürgerhäuser vorbeifahre. Das kann nicht Mauthausen sein. Doch hinter dem Ort steht der Wegweiser zur Gedenkstätte. Ich fahre langsam in die Hügellandschaft. Es ist halbdrei. Wie oft war ich über Land gefahren, selbstvergessen, neugierig, mit der verspielten Geste von jemandem, der so tat, als sei er der erste, der die Gegend bereiste. Und plötzlich ein Schild, das zu einer Gedenkstätte, einem Soldatenfriedhof, einem Mausoleum führte. Das daran erinnerte, daß hier deutsche Soldaten, SS, Führer der Wehrmacht gewesen waren. Auf Kreta, in der Normandie, in Dänemark, im Herzen Frankreichs, in Schleswig-Holstein, in Thüringen, in Rom. Wohin ich auch kam - plötzlich ein Schild zur Vernichtungsstätte - zur Hinrichtungsstätte der Fosse Ardeatine -, ein Tor fliegt auf, das Vergangene ist zum Greifen nah, präsentiert sich dem, der es erfahren will. Ein schwarzes Fort auf grünem Hügel. Die Gedenkstätte Mauthausen ist bis 18 Uhr geöffnet. Ich habe dreieinhalb Stunden. Dreieinhalb Stunden für sieben Jahre Vernichtungslager.

Ich gehe über den Garagenhof, durch den 1942 Rüstungsminister Albert Speer eskortiert wurde. Rechts und links hohe von Häftlingen errichtete Mauern. Der Architekt Hitlers inspizierte Mauthausen und monierte zu "großzügiges" Bauen. Er forderte, das Prinzip der "Primitivbauweise" anzuwenden; die Häftlinge sollten ohne Werkzeuge und kostspielige Materialien allein durch ihrer Hände Arbeit größtmögliche Resultate erzielen. Ich steige die Treppen hinauf, links die Brüstung, auf der ein MG stand, neben dem die SS-Männer Wache hielten. Dahinter das Kommandanturgebäude, heute ein Lese-Café. Vor mir das Denkmal des sowjetischen Armeegenerals Karbyschew aus weißem Stein. Zusammen mit 200 anderen Häftlingen war er in der Nacht zum 16. Februar 1945 im Freien bei eisiger Kälte mit kaltem Wasser übergossen worden. Sie alle starben an den Folgen dieser Marter.

Links und rechts die Zufahrtsstraße, da wo einst die Kasernen der 3500-köpfigen Bewachungsmannschaft standen, erheben sich nun die Denkmäler vieler jener Nationen, aus denen Menschen nach Mauthausen verschleppt wurden. Die italienische Gedenkstätte springt ins Auge: eine karge Mauer, über und über bedeckt mit Liebesbezeugungen, mit Blumen und Gebinden der Angehörigen, mit Andenken, bronzenen Gedenksprüchen, emaillierten Fotos der Ermordeten, Basreliefs und kleinen Plastiken der Städte, aus denen die mehr als 5400 der hier zu Tode Gebrachten stammen. Hier kann man die Hände spüren, die über diese Steine strichen, die Tränen sehen, die Seufzer hören, die die Lebenden mit den Toten vereinen.

Etwas weiter ragen die sieben zertrümmerten Arme eines riesigen eisernen Leuchters in den verschleierten Himmel, ein Schrei aus tausend Kehlen vor der weiten sanftkuppigen Landschaft, ein verzweifelter Ruf nach Gott. Hinter dem jüdischen Denkmal stürzen die Steilwände des Steinbruchs in die Tiefe. Daneben der ernste, strenge Bau der Niederländer, ein durchbrochener Steinblock, in dessen Innerem auf Messingtafeln die Namen all derer stehen, die hier auf so grausige Weise starben. In der Mehrzahl Juden. Im Februar 1941 waren im Amsterdamer Judenviertel Synagogen angezündet worden. Als die deutsche Sicherheitspolizei eine von Juden bewohnte Wohnung stürmte, empfing sie ein Hagel von Säuregeschossen. Zur Vergeltung wurden über 400 Juden zwischen 20 und 35 Jahren festgenommen und ins Konzentrationslager Mauthausen verschleppt.

Unmittelbar nach der Besetzung Österreichs durch deutsche Truppen hatten 1938 hohe SS- und Polizeiführer, darunter Heinrich Himmler und Oswald Pohl, die Granitsteinbrüche in Mauthausen und im nahegelegenen Gusen besichtigt, um zu prüfen, ob sie für die Errichtung von Konzentrationslagern geeignet wären. Unter der Leitung des Berliner Generalbauinspektors Speer sollten verschiedene deutsche Großstädte mit spektakulären Repräsentationsbauten ausgestattet werden, insbesondere die nahegelegene Landeshauptstadt Linz, die sich der Diktator als Alterssitz erkoren hatte. Zwischen 1937 und 1940 wurden alle Neugründungen nationalsozialistischer Konzentrationslager bei Stein- oder Marmorbrüchen oder bei Ziegelwerken errichtet.

Hunderte von Häftlingen aus dem Konzentrationslager Dachau wurden in Güterzügen nach Mauthausen verfrachtet, um hier ein neues Hauptlager zu errichten. Sie wurden zu Schwerstarbeit unter mörderischen Bedingungen gezwungen. Immer mehr Häftlinge wurden nach Mauthausen verschleppt, Häftlinge aus allen europäischen Ländern, 1940 Tausende von polnischen Intellektuellen, über 7000 republikanische

Spanier, Tschechen, junge sowjetische Lehrer, holländische Juden. Diese Juden wurden als erste in den Tod getrieben. In den "Wiener Graben" - den Steinbruch, der sich in der Tiefe unterhalb des Lagers befand. Eine unförmige Treppe aus ungleich großen, willkürlich und lose aneinandergereihten Felsblöcken führte hinab. Die mit Peitschen und Schlagstöcken ausgerüsteten Wachen, Angehörige der SS-Totenkopfverbände jagten die Juden über das Steingeröll in die Tiefe, prügelten auf die Stürzenden ein, erschossen sie. Die die Tiefe des Steinbruchs erreichten, mußten unter den Hieben und Schreien der SS-Männer Steine hauen. Wenn es abends aus der Tiefe zurückging, wurden nicht-jüdische Häftlinge gezwungen, den holländischen Juden Bretter auf die Schultern zu legen und überschwere Steine darauf zu laden. Dann wurden sie im Laufschritt nach oben getrieben. Steinblöcke, die von den Brettern fielen, zerschlugen Nachfolgenden die Füße. Der, dem ein Felsbrocken herunterfiel, wurde entsetzlich geschlagen, der Stein wieder aufgeladen. Von denen, die das erlebt hatten, waren viele so verzweifelt, daß sie sich von oben in die Tiefe, in den Tod stürzten. Die Mißhandlungen steigerten sich. An den folgenden Tagen faßten sich die Juden an den Händen, bildeten Ketten, und der erste zog acht, neun, ein Dutzend Leidensgefährten mit sich in den rettenden Tod. Nach kurzer Zeit waren die holländischen Juden vernichtet. Aber die Zivilangestellten des Mauthausener Steinbruchs beschwerten sich über den Anblick der Gehirn- und Fleischfetzen, die am Gestein klebten. Sie verlangten von der SS künftig die Vernichtung durch Hinunterstürzen zu unterlassen bzw. zu verhindern. Daraufhin wurden die von der SS als "Fallschirmspringerwände" bezeichneten Felsenhänge mit Wasserschläuchen abgespritzt.

Der Blick in die Tiefe ist schwindelerregend. Schroff stürzen die Steilhänge mit scharfen Vorsprüngen in die Tiefe. In den Ritzen wuchern nun Gräser und Büsche.

Ich gehe über den holprigen Felsenweg zur Steinstiege, steige vorsichtig die schmalen, steilen Stufen hinab. Als die holländischen Juden hier vernichtet wurden, gab es diese 186 Stufen der "Todesstiege" noch nicht, die aus ihr erst eine Treppe machen. Sie wurde im Sommer 1942 von Häftlingen gebaut, nicht um die unmenschliche Arbeit zu erleichtern, sondern um die Produktion trotz massenhafter Vernichtung zu steigern. Rechts ein Schild "Rosengarten". Hier wurden die Häftlinge liquidiert, die gefallen oder zusammengebrochen waren. In der Tiefe zwei Seen, in die sich viele Häftlinge stürzten, um dem qualvollen Sterben in dieser Hölle ein Ende zu machen. Ich setze mich auf einen der Felsblöcke, sehe wie in einer Vision den Zug der Todgeweihten in dicht aufeinanderfolgenden Fünferreihen die Steinstiege hinaufziehen, in Holzpantinen, auf den Schultern den Steinblock, den sie jeden Abend nach elf Stunden Schwerstarbeit hinaufschleppen mußten, zweitausend Männer, Tag für Tag, geschunden, erniedrigt, ohne Entkommen. Kann man sich in sie hineinversetzen? Ich steige die Todesstiege hinauf. Die Hügellandschaft ringsum ist weit und grün und gleichmütig. Auf der gegenüberliegenden Anhöhe liegen zwei Höfe. Ich schaue hinüber. Sie schauen zurück. Ich bin hier ganz allein an diesem späten Juninachmittag. Ringsum Stille, Vogelgezwitscher. Fernes Flugzeugbrummen. Und Stille. Keine Kühe. Keine Schafe. Nur ich zwischen Denkmälern aus Stein und Eisen. Ich gehe auf die hohe Umfassungsmauer zu, die fünf Reihen Stacheldraht überragen.

Die Zeit schreitet voran. Ich trete durch das Tor der "Klagemauer". Hier mußten sich die neu eingelieferten Häftlinge aufstellen. Hier fand die erste Befragung statt. Oft unter Schlägen. Hier standen die Häftlinge mit dem Gesicht zur Wand, an Eisenringen festgebunden, stundenlang, tagelang. Unter dem mit 380 Volt geladenen Stacheldraht. Unter den Augen der Wachposten, die mit Maschinenpistolen auf ihren Wachtürmen standen und nachts mit großen lenkbaren Scheinwerfern diesen Ort des Grauens kontrollierten.

Ich gehe über den Appellplatz, links die Häftlingsbaracken, das Bordell, die Quarantäne; rechts die Wäscherei, die Küche, das Lagergefängnis. 33 winzige Zellen, in denen Ergänzungsverhöre stattfanden. Nach den Verhören wurden die meisten exekutiert. Nur wenige Meter weiter liegt zwischen Leichenkühlraum und Gaskammer die Genickschußecke. Betrat ein Häftling den Raum, konnte er glauben, gemessen und fotografiert zu werden. An der einen Wand eine Meßlatte, über dem Kopfbrett ein schwarzes Tuch. In dem Meßbrett befand sich jedoch ein Schlitz. Durch diesen Schlitz wurde mit einem Kleinkalibergewehr der Schuß abgefeuert, der den vor dem Meßgerät stehenden Häftling ins Genick traf.

Nach der Erschießung wurde die Tür zum Leichenkühlhaus aufgerissen. Häftlinge des Krematorium-Kommandos sprangen herbei, zogen die Leiche in den Kühlraum, beseitigten die Blutspuren, schlossen die Tür, und das nächste Opfer wurde hereingeführt. Heranführen des Häftlings, Erschießen, Abtransport - das war eine Sache von zwei Minuten. In einer Stunde wurden in der Genickschußecke dreißig Menschen umgebracht. Andere wurden im selben Raum erhängt. Ihnen wurde die Schlinge eines an einer Traverse hängenden Stricks um den Hals gelegt. Sie mußten einen Klapptisch besteigen. Dessen mechanische Vorrichtung betätigte ein SS-Mann. Ich gehe durch den Kühlraum, in dem die Leichen bis zur Verbrennung gestapelt wurden; gehe durch den Sezierraum - nackte Wände, in der Mitte ein Steintisch, auf dem den Toten die Goldzähne herausgebrochen wurden; gehe durch das Krematorium, in dem zwei Ziegelsteinöfen stehen. Öfen, wie man sie aus dörflichen Backhäusern kennt, nur daß in den halbrunden Öffnungen Eisenbahren stecken, auf denen die Leichen in die Glut geschoben wurden. Sieben oder acht konnten auf einmal verbrannt werden. Darunter die Feuerungsstellen für Koks oder Dieselöl, davor die Eisentörchen. Bis zum 29. April 1945 wurden hier 27.556 Häftlingsleichen verbrannt.

Es ist mir unmöglich, diesen Ort mit Menschen zu beleben. Alles ist irreal, abstrakt und kalt. Ich trete in die Gaskammer, weiß, gekachelte Wände, Betonfußboden, eiserne Rohre an Plafond und Wänden. Fensterlos. An der Decke 16 Brauserosetten, die den Häftlingen suggerieren sollten, sie befänden sich im Duschbad. Drei Meter siebzig mal drei Meter fünfzig. Zwei hermetisch abschließbare Türen mit je einem Guckloch. Neben der Gaskammer die Gaszelle, ein kleiner Nebenraum, in dem das Gaseinfüllungsgerät stand. Von diesem viereckigen Behälter führte ein Eisenrohr durch die Wand in die Gaskammer. Auf der Wandseite, unsichtbar für die auf das Brausebad Wartenden, hatte das Rohr eine einen halben Zentimeter breite, 80 cm lange Schlitzöffnung. Mitwirkende der Mordaktion waren Ärzte, Apotheker, Angehörige der SS-Totenkopfverbände und Häftlinge, gezwungenermaßen. Der SS-Apotheker brachte in Dosen abgefülltes Zyklon-B-Gas. Ein Häftling hatte in einem der Verbrennungsöfen einen Ziegelstein stark zu erhitzen, ihn auf einer Schaufel zum Gaseinfüllungsgerät zu bringen und hineinzulegen. Der Leiter der Mordaktion, ein SS-Mann mit Gasmaske, schüttete aus einer Dose die bohnengroßen Zyklon-B-Giftbrocken auf den heißen Stein, verschloß den Behälter luftdicht mit einem mit Flügelschrauben versehenen Deckel. Durch die aufsteigende Hitze wurde das Gas entbunden und strömte durch das Rohr in die Kammer, in der bis zu 80 Menschen nackt auf das Duschwasser warteten.

Nach diesen oft zwanzig Minuten währenden Todeskämpfen wurde die Gaskammer entlüftet. Unter dem Schnell-Schnell-Geschrei der SS-Männer mußten Häftlinge des Krematorium-Kommandos die Leichen in den Kühlraum transportieren und Blut, Urin und Kot wegwischen. Noch am 28. April wurden in dieser Gaskammer 34 Österreicher, fünf Polen und fünf Kroaten erstickt. Es war die letzte Vergasung in einem nationalsozialistischen Konzentrationslager. Anderntags wurden der Gaseinfüllungsstutzen und das Gasleitungsrohr entfernt, die beschädigte Stelle an der Wand neu gefließt. Deutlich heben sich die neuen Kacheln von den alten ab.

An die Gaskammer schließen sich weitere Krematorien-Anlagen an. Es folgt das einstige Krankenrevier. Heute befinden sich dort die Ausstellungsräume, in denen die Geschichte des Grauens dokumentiert wird.

Die Zeit drängt. Ich höre das Rasseln eines Schlüsselbunds. Bilder des Schreckens ziehen vorüber. Auf einem Foto kommen SS-Männer auf den Betrachter zu, Männer in Uniform, mit Militärkappen und glänzenden Kragenspiegeln, mit weißen Hemden und dunklen Krawatten, mit Handschuhen und blitzenden Schnallen. SS-Führer, die das Konzentrationslager Mauthausen besichtigen. Männer der Macht, Männer der Gewalt. Hinter ihnen der Wachturm und dunkel vor dem hellen Himmel der Wachsoldat, das Gewehr im Anschlag.

Der Schlüsselbund nähert sich. Die Zeit verfliegt. Die Bilder überlagern sich. Mauern mit Stacheldraht, Schornsteine, das Lager von Gusen, Tunnel, riesige unterirdische Maschinenhallen, Leichenberge, Eisenbahnschienen des Nebenlagers Melk, Menschenzüge vor schneebedeckten Bergen, in den Fels getriebene Stollen, im Dickicht liegende Tote, Schloß Hartheim, nackte Männer in Reih und Glied, ausgemergelte Kinder, Lederpeitschen, Gummischläuche, Metallstäbe mit Schraubenvorrichtung. Plötzlich der Blick eines Menschen - ein Niederländer, verkrüppelt, in Häftlingsbekleidung, ungläubiges Fragen im Blick. Das Foto daneben zeigt ihn nackt; er hält einen Meßstab in der Rechten, kein Erschrecken, keine Hoffnung, keine Ungläubigkeit mehr; sein Blick weiß alles. Das dritte Foto stellt ihn von hinten dar, ausgeliefert, verletzlich. Er wurde durch eine Benzin-Injektion ins Herz umgebracht. Das vierte Foto zeigt ihn skelettiert. Als SS-Trophäe. Mein Blick geht zurück zum ersten Foto, zu diesem Gesicht, das noch Zweifel spiegelt, das noch zu glauben scheint, dies alles könnte sich als ein schrecklicher Witz, als furchtbarer Alptraum erweisen. Geht weiter zum zweiten: zum letzten Blick, den es von ihm gibt, zu Augen, die aus einer Welt des Grauens heraus meine mit Wärme erreichen.

Mit diesem Blick trete ich ins Freie. Der Himmel hat sich zugezogen. Ein heftiger Wind bläst mir entgegen. Ich gehe zum Ausgang, vorbei an den Massengräbern, an der Hinrichtungsstätte für Massenexekutionen, an der Aschenhalde. Das Unvorstellbare ist unvorstellbarer geworden. Ich bin nicht allein. Andere, die sich in diesem immensen Gebäude verloren haben, treten mit mir durch das Eingangstor, das für uns auch ein Ausgangstor ist. Mit jedem Besucher wird das Schweigen, das auf den Toten lastet, dissonanter.

Am Grenzübergang hinter dem kleinen Ort Wesenufer muß ich meinen Paß zeigen. Am 26. Juni 1996. Die Autobahn ist leer. Ich fahre ganz allein unter einem stürmischen Abendhimmel. In Wörth kehre ich zum Abendessen ein. Hell steht das Schloß auf dem Hügel wie Albrecht Altdorfer es malte. Im Restaurant setzt sich jemand an meinen Tisch, obgleich es außer mir keine Gäste gibt und alle anderen Tische frei sind. Er sagt: Halbzeit. Deutschland gegen die Tschechien ist im Finale der Europameisterschaften. Ich frage mich, zu wem die Slowaken halten. Und fahre wieder durch die nicht enden wollende Junidämmerung. Fast allein. Im Autoradio spielt ein Streichquartett "Die sieben letzten Worte unseres Erlösers am Kreuz" von Joseph Haydn. Als die Viola das Leitmotiv des Lento-Satzes vorspielt, leise, unwiderruflich, und die Geigen zart, fast zärtlich das "consumatum est" wiederholen und variieren, als schließlich das Cello tastend folgt, verebben die letzten Schimmer des Tages. Und mit dem Licht schwindet auch der Blick, der mir aus dem Inferno folgte, mit dem ich ins Freie trat. Die Augen verlöschen allmählich, gehen auf in der nächtlichen Dunkelheit. Aber es ist kein Enden, eher ein zeitweiliges Zurücktreten, um wiederzukehren, ein Leben lang wiederzukehren - usque ad finem.

Foto: E. Messer

Evamarie Taferner

Marie, die Donau und "Hitlers Zehrung"

Heute ist Muttertag. Franz wird kommen, ihr Sohn. Der einzige, der ihr von fünf Kindern geblieben ist. Er erfüllt ihr heute ihren sehnlichsten Wunsch. An der Donau möchte sie wieder einmal sein!

Als die Schwester das Frühstück bringt, fragt Marie als erstes nach dem Wetter. "Es wird ein herrlicher Tag, die Mütter werden ihre Freude daran haben!" ist die Antwort.

Marie spürt die Freude jetzt schon, übermächtig! Sie würde sich am liebsten sofort auf den Weg machen. Immer dieses Warten, denkt sie, sie hat doch nicht mehr soviel Zeit.

Seit siebzehn Jahren ist sie blind. Es ist Nacht um sie. So wird es bleiben, sagen die Ärzte. Es gibt keine Hoffnung. Marie schreit nicht mehr. Sie schlägt auch nicht mit Fäusten. Sie wird still.

Ab nun ist sie der Barmherzigkeit anderer Menschen hilflos ausgeliefert. Sie, die immer stark sein mußte, selbständig, zupackend, lebenstüchtig.

Hadert sie in der Stille? Wer täte das nicht?

Noch bleibt ihr das Hören, das Ertasten, das Riechen. Sie spürt die Kälte des Schnees, die Wärme der Sonne auf ihrem Gesicht. Sie unterscheidet den Geruch des Weihrauchs, der Blumen, den Geschmack des Apfels und des Brotes. Auch das Lachen wird ihr nicht genommen. Und die Freude, zwar karg und selten, über etwas Schönes. So wie heute. Sie wird wieder die Donau erleben!

Stunden später holt Clarissa das schönste Kleid von Marie aus dem Schrank. Dunkelblau ist es. Das weiße Krägelchen und die kleinen weißen Tupfen machen es fröhlich. Sie kennt es nur zu gut. Das seidene Tuch, das ihr die Schwester mit sanften Bewegungen um den Kopf legt und sorgfältig unter dem Kinn bindet, fühlt sie nur und sie fühlt, daß es glatt und weich ist. Die Farbe kennt sie nicht, auch nicht das Muster. Es war ein Geschenk zu ihrem neunzigsten Geburtstag, auch von wem, weiß sie. Aber gesehen hat sie es nie.

Da sitzt sie nun, die Jacke über den Arm gelegt, das Täschchen mit dem Schnappschloß und dem festen Henkel am Schoß, die Füße in schwarzen

Schuhen steckend, ordentlich, nebeneinander gestellt. das schmale Gesicht in freudiger Erwartung leuchtend.

Endlich ist Marie mit Franz an der Donau. Sie horcht und wundert sich. War das Rauschen des Stromes früher nicht lauter? Aber der Geruch, dieser typische Donaugeruch, ist derselbe wie einst.

Marie weiß, daß sich auf der anderen Seite des Stromes die grünhellen Auwälder weiten. Sandige Ebenen ziehen sich hin bis in die Höhen, die dunklen, mit Nadelbäumen bewachsenen, aufsteigen, fast schroff. Ihr ist auch die trennende Breite des Wassers bewußt, mit den gefährlichen Wirbeln. Sah sie einst selbst einen Mann im Kanu um sein Leben kämpfen!

Da drüben beginnt die Welt der steinbloßen Bauernhäuser, der kargeren Felder und mageren Wiesen. Blühen sie nicht mindestens so schön wie herüben?

Marie empfand es so, wenn sie Jahr für Jahr im Mai auf Wallfahrt ging. "In die Pötsch", im langen Zug der gläubigen, bittenden Wanderer. Noch in der Dunkelheit, bei den ersten Vogellauten, ziehen sie los. Das Singen und Beten übertönt sie. So beginnt ihr büßender Weg. Donauaufwärts. Vor ihnen schwebt das vom Mesner getragene Kreuz.

Trägt nicht jeder sein eigenes mit sich? Doch die unbekümmert im Morgenlicht flatternden Fahnen machen es leichter.

In Aschach setzen sie über. Der steile Weg über die Granitbrüche läßt sie verstummen. Noch liegt der Dunst über dem Donautal. Beim Sonnenaufgang bringt jeder Strahl andere Farben zum Leuchten. Aufatmend betrachten sie ihre vertraute Welt von oben. Macht sie die Schönheit des Morgens nicht auch zuversichtlicher? Sie lassen das Hadern, das Jammern. Dem Schatten im Tal übergeben sie es. Doch wie endlos der Weg. Hügelauf, hügelab. Vom Kuckucksruf unterbrochen der Rosenkranz, die Marienlieder. Endlich die kühlgraue Wasserfläche des Stausees. Versteckt im Wald liegt die kleine Wallfahrtskirche.

Müde vom Wandern, Singen und Beten sinken sie nieder vor Marias Heiligtum. Sie sind am Ziel!

Mit beiden Händen schöpfen sie Wasser aus der wundertätigen Quelle. Noch spürt Marie das kühlende Rinnsal auf ihrem erhitzten Gesicht. Alles, was sie tun, tun sie im Vertrauen auf Hilfe und Vergebung.

Ausruhen, den Inhalt des Rucksacks mit den anderen schwesterlich teilend. Gestärkt die Seele, gestärkt der Leib. Die Heimkehr, ein leichtes Gehen zwischen sprudelnden Bächen und felsdurchwachsenen Wäldern. Der Ballast der Seele ist abgeworfen auf eine, die noch Schwereres ertragen. So sind sie doppelt erleichtert.

Plaudernd und lachend nun, eins mit den Gleichgesinnten, die sprießende Natur doppelt aufnehmend in vollen Zügen, ziehen sie wieder hinab zum tief eingegrabenen Bett der Donau. Zurückgekehrt von den lichten Höhen in das schon wieder beschattete, kühle Tal läßt sie fast erschauern.

Wartende Plätten verkürzen vergnüglich den Heimweg. Ein letzter Lobgesang gilt der Himmelskönigin, der großen Erbarmerin. War je ein Tag schöner als dieser in ihrem kargen Leben? Kein Albtraum quält sie heute wie in der vergangenen Nacht!

Wie Marie die Gegenwart des mächtigen Stromes in sich aufnimmt! Bewußt tief atmet sie die frische Luft ein. So also war das Leben, denkt sie.

"Franz, ich fühle mich heut fast wie im Paradies", sagt sie leise. Franz schweigt. Er mag diese Übertreibungen nicht gerne. Das Paradies stellt er sich anders vor. Glaubt er denn überhaupt daran?

"Du hast hier einmal gewohnt?", kommt endlich eine Frage von ihm. Ihr zuliebe sitzt er hier. Er langweilt sich. Wieviele Söhne und Töchter sich wohl heute langweilen? Es ist Muttertag!

"Ja", sagt sie, dankbar für das Zeichen von Anteilnahme.

"Dort, hinter uns, müßte eine Kapelle stehen, die des Heiligen Wolfgangs. Hier wurde er an Land getragen, todkrank, bevor er im Kloster von Pupping gestorben ist."

"Was du alles weißt, Mutter!" Franz lächelt nachsichtig.

"Das weiß jedes Kind hier, auch du hast es in der Schule gelernt."

"Mhm, kann schon sein", brummt er.

"Ein Schleppschiff kommt, Mutter, erschrick' nicht, wenn die Wellen anschlagen!"

Da lächelt nun sie, gerührt über seine Fürsorge. Fürsorge über etwas, das sie in ihrem Gehirn gespeichert hat, unvergeßlich schön zur Donau gehörend.

Oft und oft, in ihrem Bett im Altersheim liegend, hört sie Geräusche, die sie aus der Vergangenheit kennt. Sie schleichen sich ein, plötzlich sind sie da. Auch das dazu gehörende Bild erscheint. Manche sind an Jahreszeiten gebunden.

Im Vorfrühling das Zerhacken der Holzscheite, das durchdringende Singen der Kreissäge. Das dumpfe Muhen der Kühe aus dem Stall. Das Ziehen des Brunnenschwengels, die Sense, wenn sie durchs feuchte Gras zischt. Das Schlagen der Holzschlegel auf das Mostobst, das Gackern der Hühner in der mittäglichen Stille. Hat sie doch das halbe Leben auf Bauernhöfen gelebt und gearbeitet.

Wenn sie im Winter am Morgen aufwacht und draußen ist es still, kein Räderknarren auf den kiesigen Wegen, nur ein leichtes, helles Klingen in der Luft, dann weiß sie, daß der erste Schnee die Erde bedeckt. Die lautlosen Schlitten sind statt der Wagen unterwegs.

Vieles tönt nun anders. Getöse der Autos, Maschinen. Auch menschliches Lärmen stört sie nur zu oft. Seit sie ihr Augenlicht verloren hat, ist ihr Gehör empfindsamer geworden. Aber die Musik der Wellen, ihr aufbegehrendes Schlagen gegen den Damm, ihr Auslaufen leise murmelnd im Sand oder Schotter, das hat sie noch immer im Ohr. Schön ist das!

"Hinter der Kapelle, das steht das ehemalige Gästehaus der Starhemberger. Es wurde von ihnen verkauft. Dein Vater und ich mieteten dort zwei kleine Räume. Du bist dort geboren, Franz! Wenn ich so zurückdenke, so war es die schönste Zeit meines Lebens."

"Wieso eigentlich, Mutter?"

"Dein Vater war noch gesund und hat endlich Arbeit gefunden. Auch ich konnte einer geregelten Tätigkeit im Ziegelwerk nachgehen. Ich bekam jede Woche meinen vereinbarten Lohn. Vorher, als Magd, war die Entlohnung eine unsichere Sache. Dann kamst du zur Welt, Franz, zart und anfällig, aber du bliebst mir als Einziger!"

Verschämt legt sie ihre Hand auf seinen Arm.

"Verstehst du jetzt, warum ich noch einmal hierher wollte? Fällt es dir schwer, bei mir auf der Bank zu sitzen?"

"Nein, aber nein, ist schon recht, mach dir keine Gedanken. Erzähl mir etwas aus dieser Zeit!"

Gern spricht sie von früher, viel lieber als von Heute oder gar von Morgen! Marie überlegt. Rührselig darf es nicht sein, das mag Franz nicht.

"Weißt du, Franz, auch damals zogen Schiffe vorbei. Mit seltsamen Namen und unbekannten Fahnen. Schmutzig waren sie, ausgefranst vom

Fahrtwind. Die Matrosen winkten, wenn ich da so stand. Ich winkte zurück, obwohl ich sie nicht kannte. Die Männer waren meist dunkle Typen, auch die Frauen, aber bunt gekleidet. So frei und leicht zogen sie an mir vorbei, wie Wasservögel.

Manchmal dachte ich, sie hätten eines ihrer Seile um mich geworfen, so zog es mich mit! Eine für mich unbekannte Leichtigkeit war um sie. Wie sie da, während sie ihre Erdäpfel oder das Gemüse schälten, beisammen hockten, scherzten und lachten, den Unrat in die Donau kippten so wie die Lauge ihrer Wäsche, zeigte das ihre Unbekümmertheit. Um diese beneidete ich sie. Dann sah ich ihre Kinder, die an einen Strick gebunden auf den Schleppkähnen spielten. Da habe ich erkannt, daß auch sie ihre Sorgen hatten!"

"Aber Mutter, wer hätte wohl keine!"

Motorboote dröhnten an ihnen vorbei. So wird auch die Donau stumm. Nach der eingetretenen Stille spricht Marie weiter.

"Kurzweilig war es hier immer. Bei der Schiffstation legten Passagierschiffe an, Leute und Fuhrwerke warteten auf die Rollfähre, auch Paddler waren unterwegs.

Hier in der Nähe muß es auch gewesen sein, wo ich dem Fischer half, seine Weißfische auszunehmen. Seine Frau hat sich geweigert, mir hat es nichts ausgemacht. Warum lachst du?"

"Hast du denn nicht schon genug an deiner Arbeit gehabt? Da hast du dir noch die von anderen aufgehalst?"

Marie wendet ihm ihr blasses Gesicht zu. Ihm ist, als sehe er zum ersten Mal ihre schönen, braunen Augen. Er bildet sich ein, in ihnen maßloses Erstaunen zu erblicken. Dann schüttelt sie den Kopf. Sagen kann sie nichts, denn ein Hubschrauber knattert über sie hinweg. Ein Unfall? Marie hebt auch in alter Gewohnheit den Kopf. Das Motorengeräusch schreckt sogar die Schwäne auf. Sie hört das Rauschen ihrer großen Flügel. Als es schon ruhig geworden ist, wartet sie eine Weile.

"Franz, wenn man in meiner Jugend leben wollte, mußte man arbeiten, ganz gleich wo. Alles war recht. Ich sag dir Franz, keine Arbeit kann so schrecklich sein, als auf Almosen angewiesen zu sein."

In diesem Augenblick schiebt sich eine der großen, weißen, tiefliegenden Wolken vor die Sonne. Ihr Schatten fällt auf das Land, den Strom. Auch auf Maries Gesicht. Jeder hat seine eigene Vergangenheit, die er allein bewältigen muß. Der Strom zweifelt nicht an ihren Worten, er nimmt sie auf, trägt sie fort und irgendwo spült er sie an Land. Als Antwort schlagen wieder Wellen ans Ufer.

Sie schlagen auch gegen ihre Zille, in der Marie mit dem vom vielen Räuchern dunkelgegerbten Fischer sitzt. Sie spürt das leichte Schaukeln des Bootes. Es verstärkt sich, wenn er ihr die aufgeschlitzten Weißfische zuwirft.

Mit einem Netz hat er sie in der Donau gefangen. Nun schlägt er sie einen nach dem anderen ab. Die glitschigen, silbrigen Leiber liegen zu ihren Füßen. Man kann sie schwer festhalten. Mit einem scharfen Löffel kratzt sie die Eingeweide aus den Bäuchen. Im Wasser warten die noch lebenden Fische auf den guten Schmaus. Fressen und Gefressen werden, so ist das Leben.

Auch Marie freut sich auf den Genuß der frisch geräucherten Fische, von denen sie einige als Lohn erhält. Aber es dauert noch. Die Frau wäscht die ausgenommenen Fische und spießt kleine Stöckchen in die Leiber. Über Holzkohlenfeuer oder Trebern werden sie geräuchert. In der nahegelegenen Stadt macht der Fischer ein gutes Geschäft mit ihnen. Wie lang ist es her! Und doch hat sie den Duft noch in der Nase und die Gräten im Mund. Ja, man mußte höllisch aufpassen, keine zu verschlucken.

Auch das ist vorbei, der Genuß wie auch die Plage.

Marie spürt wieder Sonne auf ihrem Gesicht, auf ihrem Körper. Die Wärme dringt bis zu den alten, müden Knochen. Wie gut das tut! Sie streckt sich fast ein wenig, vorsichtig, wie eine alte Katze auf der warmen Ofenbank.

"Willst du noch sitzen bleiben, Mutter, oder gehen wir Kaffee trinken?"

Das ist Franz. Er hat inzwischen ein wenig gedöst, mit halbgeschlossenen Augen. Seine Frau fällt ihm ein. Sie wird zu einer Freundin gehen und mit ihr auf der Landstraße in Linz flanieren. Sie wollte nicht mitfahren. Das Programm war ihr zu langweilig.

"Meine Mutter ist sie ja nicht", hat sie gesagt.

Franz ist eigentlich lieber hier als auf der Landstraße. Am Spazierweg hinter ihnen herrscht reges Treiben. Scharen von Menschen führen ihre Mütter aus. Ein komischer Tag, denkt Franz. Er ist zu gutmütig, sich dagegen aufzulehnen.

"Später, ich möchte noch ein wenig hier sitzen bleiben. Soll ich dir vom Krieg erzählen? Von Vaters schwerer Verwundung? Oder von den letzten Kriegstagen, da war ich in Aschach bei Hitlers Zehrung dabei!"

Franz horcht interessiert auf.

"Was sagst du da, das ist doch Blödsinn!"

"Natürlich nicht wie du vielleicht meinst, aber man nannte es so!"

"Erzähl, Mutter, aber warte, gerade kommt ein großes Passagierschiff vorbei. Da ist deine Stimme schon zu schwach!"

Ja, nicht nur die Stimme, denkt sie. Aber was will sie, mit ihren neunzig Jahren? Sie hört das Signalhorn des Schiffes, das rauschende Vorbeiziehen im Wasser, sie sieht trotz ihrer Blindheit das Heranrollen der Schaumköpfe tragenden Wellen, die sich überschlagen.

"Sag mir, Franz, welche Farbe hat sie heute, die Donau?"

"Farbe? Na ja, so blaugrau. Ich glaube, der blaue Himmel spiegelt sich ein wenig im Wasser. Warum denn?"

"Weil ich dann weiß, ob sie gut oder schlecht gelaunt ist." Sie sagt das mit einem feinen Lächeln, denn sie kann sich sein Gesicht gut vorstellen, nach ihrer Antwort.

Franz schüttelt wirklich den Kopf. Er findet, seine Mutter ist in der letzten Zeit wunderlich geworden. Naja, bei dem Alter!

"Glaubst du, daß ich dich noch kurz allein lassen kann? Ich besorg" mir schnell ein Bier, hast du auch Durst?"

"Nein, danke, Franz. Es macht mir nichts aus, allein zu sein. Ich rühre mich nicht vom Fleck, dann kann ja nichts passieren."

Schon ist er fort. Marie fühlt sich nicht verlassen. Die Donau und ihre Erinnerungen, die sind um sie.

Aber die "Zehrung Hitlers", das war schon ein ganz besonderes Ereignis. Kurz vor Kriegsschluß, in den ersten Maitagen 1945 spielte es sich ab. Plötzlich ist alles wieder ganz nahe.

Sie öffnet die Tür zum Schlafzimmer. Die knarrt wie immer, ärgerlich! Doch die beiden, die da in den Betten liegen und schlafen, hören nichts. Sie sind an dieses Geräusch gewöhnt. Wie gut, so kann sie es wagen.

Marie legt einen Zettel auf den Küchentisch: Habe etwas zu besorgen, bin bald wieder zurück. Marie.

Schnell die Jacke umgeworfen, Rucksack, Korb und Tasche gefaßt, Türe abschließen. Nun noch das Rad, schon kann es losgehen! Sie wundert sich nicht über die vielen Fahrzeuge, die heue unterwegs sind. Sie weiß, warum Aschach plötzlich der Mittelpunkt der Region ist.

Fest tritt sie in die Pedale, während sie überlegt, weshalb ihr Mann von diesem Vorhaben absolut nichts wissen wollte. Wenn soviele Leute die Chance nutzten, etwas Brauchbares zu ergattern, warum sollten sie, die wahrlich von nichts zuviel hatten, daneben stehen und zuschauen?

"Ich will mir nicht die Hände mit etwas füllen, was nicht mir gehört"; hat er böse zu ihr gesagt und die Tür fester als sonst geschlossen. Seit er schwer verwundet aus dem Krieg heimgekehrt ist, muß Marie viel Rücksicht auf ihn nehmen. Er ist noch reizbarer und schwieriger geworden. Das tatenlose, auf Hilfe angewiesene Herumsitzen, die ständigen Schmerzen, wie konnte er da auch gute Laune haben?

Er schläft jetzt mit Franz, dem Büblein, da hat er keinen Ärger. Aber die Zeit drängt.

Bei diesem Gewimmel auf der schmalen Straße kommt sie nur mühsam vorwärts. Das wäre ein Fest für die Tieflieger, denkt sie. Die kreisten doch seit Wochen über der Stadt. Hier könnten sie ins volle Menschenleben ballern! Diese Vorstellung verunsichert sie. Trotzdem setzt sie ihren Weg fort. Verwundert fährt sie an den verschiedenen Fahrzeugen vorbei. Was da heute alles unterwegs ist! Pferde- und Ochsenwagen, Traktoren, Leiterwagen, Ziehwagen, Schubkarren und Radlböcke, Lastauto und Pkw, viele, viele Fahrräder, sogar Kinderwagen sind dazwischen!

Gerade überholt sie schwungvoll eine Gruppe, da hört sie ihren Namen.

"Marie, he, du hast es aber eilig, bist du auch bei der Zehrung eingeladen?"

Die Stimme ist ihr bekannt, aber sie ist ihr nicht sympathisch. Unsicher schaut sie um.

"Laß dir nur Zeit, wirst schon noch genug erwischen", hört sie wieder.

Nun erkennt sie den Rufer. Es ist Max, ein ehemaliger Freund ihres Mannes. Kopfschuß, darum ist er daheim. Vor seinen Wagen hat er eine Kuh gespannt. Es geht nur langsam vorwärts. Von oben grinst er unverschämt auf sie herab. Marie bremst und radelt unwillig über den Aufenthalt neben ihm her.

"Wieso sagst du Zehrung, wer ist denn gestorben?"

Da lacht er laut und unbeherrscht. Die Leute drehen sich um. Marie weiß schon, warum sie ihn nicht sonderlich mag.

"Na, der Hitler, wer denn sonst? Was da in Aschach an gelagerten Gütern freigegeben ist, das nennen die Leute seine Zehrung."

"So ist das? Bekommt man wirklich alles ohne Bezugsschein und ohne zu zahlen?"

Da lacht er wieder und schreit über alle Köpfe unter ihm hin: "Seit wann muß man bei einem Totenmahl zahlen? Lastauto werden vollgeladen, du wirst dich wundern! Ich bin auch schon zum dritten Mal unterwegs. Wie geht es Anton?"

"Gar nicht gut, darum muß ich mich beeilen", sagt sie und ist froh, von ihm fort zu kommen. Sie sieht noch manche bekannte Gesichter, verschämt, verlegen, aber auch frech oder finster blickend.

Die hier unterwegs sind, haben alle keinen Blick für die frühlingshafte Natur. Keiner sieht die Bäume in ihrem frischen Grün, noch die trotz des Krieges gut bestellten Felder. Die großen, alten Mostobstbäume geben nun den Blick auf die ehemals so mächtige Schaunburg und die kleinere Stauff frei. Soviel an Schönheit wird ihnen geboten, doch sie haben nur eines im Sinn: von dem etwas erraffen zu können, was im Markt an der Donau in großer Vielfalt von verschiedenen Heeresgruppen gelagert sein soll.

Wie Lemminge ziehen die Menschen dahin, voll Neid auf jene blickend, die vom Schlaraffenland gesättigt und schon vollgepackt bis an den Rand zurückkehren. Trotzdem zeigen sie keine echte Zufriedenheit. Sie fragen sich wahrscheinlich, ob sie denn wirklich das Richtige erhascht haben? Wäre nicht dies und das klüger gewesen?

Marie spürt die Greiztheit und Streitlust, sie liegt in der Luft. Sie fühlt sich gar nicht wohl in der aufgeheizten, nervösen Stimmung. Nicht lange, dann ist auch sie so weit. Der Korb behindert sie schon jetzt beim Fahren. Die Strümpfe sind zerrissen. Sie hat keine Zeit, sich darum zu kümmern.

Wohin soll sie sich zuerst wenden?

Man hat ihr von der ungeheueren Menge an Lebensmitteln in der Lagerhalle erzählt. Andererseits sollen in den Bäuchen der Schleppkähne Unmengen wertvolle Gebrauchsgüter gestapelt sein.

Sie fährt nun nahe der Donau. Ihr ruhiges Fließen macht auch Marie besonnen. Aber sie kennt sie auch anders. Wenn ihr der Inn, der wilde, unbeherrschte Geselle seine Gletscherwässer mit dem mitgerissenen Geröll in Passau entgegenschleudert, muß man vor ihr auf der Hut sein. Auch ihre

Farbe, bräunlich-grau von Lehm und Kalk, wird unfreundlich. Die sonst Friedliebende zeigt sich eigenwillig und zerstörerisch.

Endlich ist Marie am Ziel. Die vielen Soldaten in den Straßen ängstigen sie. Sie sind schwer bewaffnet, hantieren nervös an ihren Geschützen herum, gaffen und rauchen. Einige sprechen sogar eine andere Sprache.

Aber niemand schafft Ordnung, es fehlt an Anweisungen. Alles verläuft planlos, ziellos. Jeder tut und nimmt das, was er will. Es geht dem Ende entgegen. Ob Soldat oder Zivilist, er überlegt, wie er seine Haut in diesem Chaos retten kann.

Marie findet sich in so viel Freiheit, die nur eine scheinbare ist, nicht zurecht. Sie mag diesen Zustand der Unsicherheit nicht. Hilflos ausgeliefert irrt sie umher. Dann trottet sie denen nach, die zielstrebig einer in die Erde getretenen Reisspur folgen. Sie sperrt ihr Rad hinter einem Baum ab. Dann läßt sie sich in das Gedränge fallen. Vor und zurück, nun wird sie von der Masse in die Halle geschoben.

Da bleibt ihr fast das Herz stehen! In Kisten und Säcken, Körben, Schachteln und Kanistern ist hier alles gestapelt, was seit Jahren nur rationiert oder gar nicht mehr zu haben ist. Zucker, Mehl und Butter, Reis und Nudeln, Grieß, Öl und Fett, Marmelade, Tee, Bohnenkaffee und Tabak. Auf Bohnen, Erbsen, Trockenmilch, mit Kartoffeln und Gemüse Hauptnahrungsmittel während des Krieges, achtet kaum jemand. Man will das Beste haben.

Und die Menschen waten darin, knöcheltief! Die Säcke schlitzt man auf, Messer sitzen locker in dieser Zeit, die Kisten werden zertrümmert, bevor man den Inhalt "organisiert", wie es jetzt so schön heißt. Wie es da rieselt und rinnt, sich vermischt unter den groben Schuhen zu einem häßlichen Brei.

"Herrgott, sei uns gnädig", stammelt Marie, bevor sie ein brutaler Ellbogen in die Wirklichkeit zurückführt. Nun greift auch sie in die ihr dargebotene Fülle, zwischen anderen gierigen, noch flinkeren Fingern. Mehl und Nudeln nimmt sie, Grieß für Franz, Kaffee und Zucker für Anton, Tee noch und Tabak, eine Kostbarkeit in dieser Zeit. Alles ist dafür einzutauschen. Der Rucksack ist voll, zum Zerplatzen. Da sieht sie einen Buben Zuckerl und Schokolade in sich hineinmampfen.

"Wo?", fragt sie ihn. Er kann nicht antworten, deutet nur mit der Hand. Weiß sie denn noch, wie Schokolade schmeckt? Sie zerfließt im Mund! Noch schnell eine Handvoll in die Tasche damit und zurück zum Ausgang.

Was ist zu bezahlen? Nichts? Sie kann es noch immer nicht glauben. Was für ein Tag! Immer wieder hört sie die Worte von "Hitlers Zehrung". Wie schnell die Menschen mit ihren treffenden Bemerkungen zur Hand sind!

Aber sie hört auch in Gesprächsfetzen die wahrscheinlich tatsächliche Erklärung: Dieses Lager gehöre der königlich ungarischen Armee. Sie kämpfte bis zum Schluß auf Seite der Deutschen. Vor zwei Tagen ist die Bewachungsmannschaft abgezogen. Damit ist alles mehr oder weniger freigegeben für jedermann.

Die freigelassenen Russen aus dem Lager Pupping waren die ersten, die es entdeckten. Die vielen Flüchtlinge und die Einheimischen folgten schnell nach.

Da, plötzlich steigt sie auf weiche Schachteln, Schachteln mit Zigaretten! Sie bückt sich, ein Stoß, schon liegt sie am Rücken. Der schwere Rucksack nimmt ihr das Gleichgewicht, sie kann nicht auf. Wie ein Käfer zappelt sie mit Armen und Füßen. Man steigt über sie. Da kommt Todesangst in ihr hoch. Sie will sich an gestapelten Kisten hochziehen. Doch sie sind schon leer, Mit Gepolter fallen sie über Marie. Da schreit sie angstvoll auf.

Ein dummer Lacher folgt: "Das kommt von der Raffgier", sagt der Mann, dabei trägt er einen Sack Zucker auf der Schulter!

Endlich erbarmt sich ein Soldat in seiner abgerissenen Uniform. Er hat nur einen Arm, daher ist es schwierig für ihn, Platz zu schaffen. Da brüllt er einige berlinerische Schimpfworte. Darauf reagieren die Leute und weichen zurück. Er zieht sie hoch, sie bekommt wieder Luft.

"Na, det is noch enmal jut jejangen, mene Dame", sagt er. Bevor sie ihm danken kann, ist er im Gewühl verschwunden. Ihre Hände zittern. Der Sturz hat sie mitgenommen.

Noch schiebt sie ihr Rad. Sie will nichts wie heim!

Da kommt sie an den Schleppkähnen vorbei. Breit und behäbig liegen sie am Ufer vertäut. Das Wasser umspielt den Bug, kräuselt sich auf und fließt weiter.

Sie hat genug von ihrem Erlebnis. Als sie fürchtete, zertrampelt zu werden, verwünschte sie ihre Habgier.

Nun schaut sie den Menschen zu, wie sie hin und her laufen, schleppen und tragen, ziehen und schleifen, vom Schiff zum Wagen und wieder zurück. Sinnlos erscheint es dem Zuschauer. Ameisen machen es so.

Am anderen Ufer ragt das Faustschlössel auf. Steil fallen die Felsen zur Donau. Sie denkt auch an die Wallfahrt. Oft hat sie gefragt, warum gerade hier Dr. Faust vom Teufel geholt wurde, wie die Legende sagt. Weiß sie es seit heute? Marie schämt sich. Doch gleich darauf beruhigt sie ihr Gewissen. Die Waren sind von den Besitzern freigegeben. Hitler ist tot, der Krieg in den nächsten Tagen zu Ende. Aber sie hat auch so oft das Wort "plündern" gehört. Das klingt nicht schön.

Sie steht noch immer und schaut sich den Trubel an. Immer wieder entdeckt sie Bekannte, reiche Bauern, Geschäftsleute, Bürger von Aschach und der ganzen Umgebung. Viele Flüchtlinge, Fremdarbeiter, Arme und Reiche. Wie sie sich mühen, als ob es um ihr Seelenheil ginge.

Nur einen Blick will ich ins Paradies werfen, dann nichts wie heim, so nimmt sie sich vor. Da begegnet ihr Max. Er schleppt eine Kiste, Werkzeug und Nägel in allen Größen, fabriksneu. Wie er schon wieder brüllt!

"Na, wie war's bei der Zehrung? Bist satt?"

Sie nickt nur und drängt sich vorbei. Vor ihr zerrt ein Dicker eine Maschine über den Schiffssteg. Eine ungeschickte Bewegung, schon kippt sie in die Donau. Er flucht ihr nach, dabei hat er Glück gehabt, nicht mitgerissen zu werden. Rot ist er vor Wut und Anstrengung. Andere grinsen boshaft hinter ihm her, als er umkehrt und im Inneren des Schleppers verschwindet. Jetzt erst recht, drückt er in seiner Haltung aus.

Marie schlüpft in seinem Windschatten hinterdrein. Zuerst blinzelt sie in der Dämmerung. Dann gehen ihr die Augen über. Als sich die Ecke des Goldrahmens eines großen, dunklen Ölbildes in ihre Rippen bohrt, schreit sie "Au".

"Gehn's halt auf die Seit'n", kommt die unwirsche, heimatliche Antwort.

Es gibt wohl nichts auf der Welt, was hier nicht gestapelt ist, meint Marie. Umso größer die Qual, welche Entscheidung sie treffen soll! Es wiederholt sich dasselbe Bild, das sie schon kennt. Man reißt an sich, wühlt, probiert, verwirft, lädt auf seine Schultern, körbeweise, Teppiche in Rollen, Stoffballen jeder Art, Schuhe, wertvolle alte Möbel, fabriksneue Maschinen, Decken, Bilder, Pelze, Wolle, Stiefel, Fellmäntel, Hüte, Unterwäsche, Fäustlinge, Pelzkappen, Hemden, Jacken, und, und, und, ... Durcheinander geworfen, verknüllt, verschmutzt.

"Was gaffen's da, sie steh'n nur im Weg, merken's das nicht?"

Den Rüpel kennt sie von irgendwo. Aber er hat recht. Die Zeit läuft, sie hat auf ihre Familie vergessen. Sie muß sich von den Kostbarkeiten trennen. Da, schon wieder ein Rempler.

"Muß für Chef Maschine holen", sagt ein Fremdarbeiter als Entschuldigung. Die Fremden sind höflicher als die Einheimischen, denkt Marie.

Sie sieht Stöße von Leder und Fellen. Das scheint ihr sinnvoll. Eine Rolle Oberleder, einen Ballen Stoff, mehr kann sie nicht bewältigen. Jetzt eckt auch sie an. Mühselig befestigt sie beides am Rad. Daneben steht ein Wagen mit Traktor. Er ist schon übervoll. Die Frau paßt auf, der Bauer und zwei Hilfskräfte laufen unentwegt und laden noch immer. Marie sieht sich leid. Die tun sich leicht, denkt sie und ihr Mund wird hart.

Nun erst recht, trotzt sie, nimmt den Korb, kehrt in das Schiff zurück und stopft ihn voll mit Wäsche und Hemden. Auch eine warme Mütze, weil sie gerade vor ihr liegt. Mehr geht beim besten Willen nicht.

Sie kennt die Geschichte vom Turmbau zu Babel. In allen Sprachen wird gesprochen, doch wer versteht den anderen wirklich? Auch hier ist es so. Nur in der Raffgier sind sie vereint. Sie boxt sich den Weg frei. Doch, wo ist das Rad? Sie sucht es vergeblich. Mitsamt dem Leder ist es verschwunden. Auch der Traktor mit dem Wagen ist fort. Mit klopfendem Herzen, schwer beladen, schaut sie umher. Vergeblich. Da stellt sie Korb und Tasche ab und weint. Sie ist am Ende ihrer Kraft.

Max geht an ihr vorbei. "Was hast du denn, Marie?", fragt er unter Keuchen. Als er den Jammer vernimmt, zeigt er sich als wahrer Freund. Mit lauter Stimme tut er kund, was passiert ist. Da weiß ein Bub zu berichten, daß er auf einem Wagen ein Rad mit einer Lederrolle gesehen hätte. Ein Hilfsbereiter borgt Max sein Rad. Man kennt die Leute, er rast ihnen nach.

Geschieht mir schon recht, sagt sich Marie unter Heulen. Sie ist verbittert. Für unsereiner ist so etwas nichts, Anton hat recht. Auf alles hätte sie gerne verzichtet, aber das Rad! Sie rupft für die Kuh vor Maxens Wagen ein wenig zertretenes Gras, um sich dankbar für die Hilfe zu zeigen. Auch achtet sie auf seine Ladung.

Und das Unglaubliche geschieht! Als Max mit beiden Rädern zurückkehrt, weiß sie sich nicht zu fassen. Aufs Neue weinend, umarmt sie ihn gerührt, als er ihr allen Ballast abnimmt und auf seinen Wagen lädt.

"Du weißt, wo ich daheim bin, du kannst das Zeug holen, wann es dir paßt."

Sie nimmt alles im Stillen zurück, was sie bisher von ihm gehalten hat. Ewig wird sie ihm dankbar sein!

Auch heute, jetzt, auf ihrer Donaubank, schmunzelt sie ein wenig, wenn sie an den schon lange Verstorbenen denkt.

So schnell ist Marie noch nie geradelt, wie auf diesem Heimweg. Es ist auch höchste Zeit, in der Ferne hört sie Geschützfeuer.

Die beiden "Männer" sitzen beim Tisch. Anton bastelt für seinen Kleinen einen Hut, einen Zeitungshut.

"Na, du lebst noch", brummt ihr Mann unfreundlich, obwohl er sichtlich erleichtert ist. "Hast es nicht lassen können, das Plündern!"

Marie schweigt. Sie packt den schweren Rucksack aus und legt die Lebensmittel auf den Tisch. Als Anton Kaffee und Zucker sieht, schenkt er ihr wenigstens einen freundlichen Blick. Sie macht sich gleich in der Küche zu schaffen. Seinen Fragen will sie entgehen. Wie erleichtert sie ist, wieder daheim zu sein.

Nie spricht sie, auch später nicht, über dieses Erlebnis.

Nun hört sie Schritte. Das ist Franz.

Von den blühenden, alten Kastanien weht das sanfte Mailüftchen weißrosa Blütenblätter auf sie herab. Marie kann sie nicht sehen. Aber den frischen, herben Geruch des Donauwassers, den es auch zu ihr trägt, den genießt sie.

Foto: Carl F. Panagl-Holbein, Die Donau bei Grein

Edith Thabet

Am Ufer liegend

Wolkige Stunden
zeitlupenweichgeblendet
zwischen Tag und Traum.

Der Schrei des Hahns ritzt
Hieroglyphen in den Rost
des Morgenhimmels.

Das Blatt über mir
ist groß genug die Sonne
zu überdecken.

Nichts bleibt wie es war
während der Fluß sein Wasser
von Baum zu Baum trägt.

Wind in den Wipfeln
nistet wüstet blättert rafft
giert verzettelt sich.

Die Wellen tragen
hundert Gesichter. Welches
davon ist meines?

Am Hügel hockt ein
Haus. Gemächlich käut es die
alte Zeit wieder.

Ein Tag wie Honig
und Seide. Wie gerne würde
ich ihn dir schenken!

Elfriede Haslehner

Haiku - Donau

Unter der Brücke
zieht ruhig der Fluß dahin -
darüber die Bahn

Hinter den Hügeln
versank die Sonne. Ihr Schein
liegt noch auf dem Fluß

Wie grün die Donau!
Schon braun und gelb gefleckt die
Hügel darüber

Im Nebel sind die
Hügel verschwunden. Der Fluß
endet im Nirgends

Tausende Lichter
spiegeln sich im dunklen Strom
Wo sind sie am Tag?

Evamarie Taferner

Donau

Wie alt erschienst du mir,
da ich ein Kind war.
Nun warte ich müde
unter schattigen Weiden,
doch du rauschst in
kraftvoller Jugend
überschäumend vorbei.

Ruth Aspöck

Donauinsel

Hinaufradelnd
zur Schnellbahnbrücke
und zurück
zur neuen Reichsbrücke
sehe ich sie:
schwarzäugig
schwarzhaarig
ball spielend
Kinder wiegend
rad fahrend
im Kreise sitzend
friedlich
freundlich
sonntäglich fein.

Auf den Heurigenbänken
sitzen hellhäutige Wiener
gefüllte Biergläser
gefüllte Weingläser
gefüllte Brieftaschen.
Breit geratene Formen
bei Mann, Frau und Kind.

Der größere Beitrag
zum Bruttonationalprodukt?

Robert Schwarz

Quer - Donau - Quer

Zerteilt dieses Land
Dient als Kanal für die Untaten
Soll Alles weg schwemmen
Fort spülen
Hinweg
Die Laster und
Verbrechen
Alles was
Sie nicht haben wollen
Nicht hier haben wollen
Gelangt in den Fluß
Wird außer Landes gespült

Fährst über eine Brücke. Läßt den einen Teil zugunsten des anderen Teiles hinter dir. Über. Und queren. Bist jetzt auf dem anderen Teil. Indem du den Fluß zurückläßt. Ihn unter der Brücke läßt. Ihn in seinem Bett läßt. Fließe ruhig!

Im Rückspiegel siehst du, wie jemand am Ufer steht, sich nicht in das vorüberziehende Wasser traut. Er trägt Gummistiefel, trotzdem.

Auch will er nicht fischen.

Du kannst aber den Fluß nicht hinter dir lassen. Er vollzieht eine Biegung. Holt dich ein trotz deiner raschen Fahrt. Ist plötzlich wieder dir zur Seite. Streift dich. Streift dich links. Verläßt dich nicht. Vorerst.

Entgleitet dir dann aber wieder. Verläßt deine linke Hüfte. Ein Hügel schiebt sich zwischen euch. Deine Augen können den Fluß nun nicht mehr hören. Vielleicht deine Ohren ihn sehen. Vielleicht.

Ihr Wille treibt die Donau nach Osten. Du ziehst nordwärts. Ihr paßt nicht zusammen. Habt einander gefunden, gekreuzt, verloren. Einander.

Du mußt nach Norden. Dort warten sie schon auf dich. Mit ihren Kirchen und Gendarmen. Ihren Traktoren im Gras.

Zer Teilt dieses Land
Dient als Kanal für die Untaten
Soll Alles weg schwemmen
Fort spülen
Hinweg ... Außer Landes ... Außer Landes
... National-Kanalisation

Du ziehst ein in die Scheune oder Hütte, von der aus du wieder die Donau sehen kannst. Denn es ging bergauf, zumeist leicht bergauf die letzten Kilometer deiner Fahrt.

Du öffnest die singenden Läden und erblickst ihre träge Kurventechnik in ihrem doch entschlossenen Bett. Du entdeckst ihr Schimmern zu dir herauf durch all die Luft, die zwischen euch geschoben ist. Dazwischengepackt als Zone. Zone. Dann schließt du wieder die Läden, müde und irgendwie geblendet.

Da Unten. Da Oben. Und Dazwischen. Noch erwartet dich all das. Du hörst die Glocken, jene penetranten Glocken, die auch abwärtskippen zu ihr. Die Hügel hinabrollen, um sie anzutreiben. Vor sich herzutreiben.

Feuchtigkeit legt sich auf dein Dach. Läßt den Tag dämmrig werden.

Sie da unten gibt nicht auf. Wird nicht langsamer. Nicht. Schafft sich auch des Nachts nach Osten. Schafft es. Nebel steigen von ihr auf, während du hier oben spazieren gehst.

Die Laster und
Verbrechen
Alles was
Sie nicht haben wollen ...

Roman Weyand

Die Schwarzen Engel

ein mann liegt im strom
und schwimmt versucht also mehr
oder minder zu schwimmen und wie
er so dahinschwimmt ändert das
flutgewölbe sein gleichgewicht
als auch das des mannes so dass
dieser gefahr läuft unterzugehen
zu versinken zu ertrinken alsbald
also im strom zu liegen er weint
kämpft stemmt sich dagegen gegen
kräfte stürme strömungen das ufer
ist sehr nahe er erreicht es nicht
findet keinen halt das ufer besitzt
nichts keinen halm keinen stein
er beginnt zu schreien wie aus dem
nichts erscheint plötzlich ein auf
dem boden daherkriechender zauberer
man sieht dieser zauberer kämpft
ebenfalls ums nackte überleben aber
am ufer ist er im begriff zu verdursten
er ringt mit dem tod der zauberer weint
plötzlich um den im wasser befindlichen
auf und abringenden mann kann ihm aber
nicht helfen durch die tränen des zauberers
angespornt nimmt der mann im wasser alle
kraft zusammen und schwimmt schließlich
in richtung zauberer ....

Irene Wondratsch

Schlaflos

Ich liege schlaflos im Bett und warte auf meinen Engel. Ich weiß, daß er auch heute nicht kommen wird. Mein Engel hat mich verlassen, lange schon, ich war noch ein Kind. Als er nicht mehr kam und ich nicht einschlafen konnte, da drehte ich mich von einer Seite auf die andere und rollte mich hin und her, hin und her, ich weiß nicht wie lange. So wollte ich mich selbst in den Schlaf schaukeln.

Davor war der Engel um mich gekreist wie ein sanfter Vogel mit großen Schwingen und leichtem Flügelschlag, der mir Kühlung brachte um die Stirn und blaues Licht, das mich einhüllte. Sein Rauschen besänftigte mich. Manchmal streifte er mich zärtlich. Wenn ich die Augen schloß, trug er mich fort, wir schwebten zusammen durch die laublaue Nacht und die Sterne tanzten um uns wie Glühwürmchen. Unser Lampion war der Mond.

Mein Engel hat mich verlassen. Vielleicht hat er mich auch nicht mehr gefunden. Engel sind manchmal kurzsichtig und viel zu eitel um Brillen zu tragen. Oder es ist ihnen verboten Brillen zu tragen so wie früher den Stewardessen. Der Gedanke, daß mich mein Engel vielleicht suchte und nicht fand, macht mich sehr traurig. Sein Schmerz wiegt schwerer für mich als mein eigener.

Vielleicht hat er es sich aber einfach auch nur anders überlegt. Engel sind flatterhafte Geschöpfe. Mag sein, daß er an einem kalten Oktobertag mit den Störchen nach Ägypten gezogen ist, sich auf der vergoldeten Spitze des Obelisken der Hatschepsud in der Tempelanlage von Karnak an den Ufern des Nils niedergelassen und nach Theben am westlichen Ufer geblickt hat, wo im Tal der Könige die Todesengel hausen. Ach läg' ich doch wohlbehütet und einbalsamiert in einem Sarkophag statt schlaflos von allen guten Geistern verlassen in meinem Bett.

In der Kirche von Neuberg hab ich den holzgeschnitzten blau bemalten Engel umarmt, als es keiner gesehen hat. Ich hoffte, er würde mir folgen, aber er ist standhaft geblieben.

In den Sommernächten ist es weniger schlimm, wenn ein leichter Windstoß meinen weißen Vorhang vor dem geöffneten Fenster bauscht und ich die Schiffe auf der Donau stampfen und den Strom rauschen höre. Ein Schiff wird kommen mit einer Ladung Engel und einer wird abheben von Bord vor der Reichsbrücke auf dem Mexikoplatz. Er wird über den Rosenpark fliegen und durch das geöffnete Fenster zu mir, mein Vorhang wird wie ein weißer Schleier hinter ihm wehen, als hätte Chagall ihn gemalt. Wir werden auf meinem Balkon sitzen und trinken und lachen und der Nachbar von vis à vis wird Ruhe brüllen und ich werde ihm pst, nicht so laut, ein Engel, zurufen und er wird gaffen und den Mund offen stehen lassen, ihn nicht mehr zukriegen, eine Kiefersperre, seine Frau wird mit ihm in die Notambulanz fahren.

In der Kirche auf dem Mexikoplatz wird die Orgel brausen, aber wir hören sie nur von ferne und mein beschwipster Engel wird sagen ich mag die Barmusik. Und wenn er mit seiner Engelszunge zu lallen beginnt, werde ich ihn in mein Bett tragen und zudecken, seinen süßen Schlummer betrachten und hoffen, daß er nicht schnarcht. Werde schlaflos an seiner Seite liegen und wissen, daß es der falsche Engel ist.

Eva Bauer

Namenlos

Frida erwachte, das heißt: sie wehrte sich krampfhaft dagegen und kniff die Augen fest zusammen. Zu groß waren der Schmerz und die Demütigung, die sie erlitten hatte. Sie wollte sich nicht mehr kränken, geschweige denn überhaupt daran denken, sie wollte vergessen und schlafen, einfach schlafen ..., sie war traurig, namenlos traurig. Doch allein die Erinnerung an die Enttäuschung nahm so Besitz von ihr, dass ihr Herz zu rasen begann und sie die Augen aufschlug. Ein strahlend-blauer Himmel lachte ihr entgegen. Schönwetter *und* Sonntag - das bedeutete die Verdoppelung ihrer seelischen Qualen!

Freitag war ihr im Büro mitgeteilt worden, dass ihr Aufgabenbereich 'outgesourct' würde! Zu deutsch: ihre Tätigkeit sollte ausgelagert werden, das wäre für ihr Unternehmen kostengünstiger. Man dankte für jahrelange, treue Dienste und stellte ihr eine großzügige Abfertigung und das Versorgungsnetz des Wohlfahrtsstaates, das für sie in den Fünfzigern ja wie gerufen kam, in Aussicht. Darüber hinaus gab's noch ein paar tröstliche Worte, daß sie nun ihren Lebensabend (!) bei bester Gesundheit und ohne finanzielle Sorgen genießen könnte. Dass sie sich dabei radikal 'entsorgt' vorkam, wollte niemand wahrhaben. Es kümmerte auch keinen, daß mit ihrer 'Freisetzung' ihr Engagement, ihre Erfahrung, Kompetenz und Loyalität gegenüber dem Dienstgeber verloren gingen. Als kleine Buchhalterin, die oft selbstlos ihre Freizeit geopfert, für alle Kümmernisse und Probleme ein offenes Ohr gehabt, sich im Team geborgen gefühlt und mit dem Betrieb voll identifiziert hatte, war sie sich jahrelang wie die Seele des Unternehmens vorgekommen. Jetzt riß man die Seele heraus, weil ihre Qualitäten offensichtlich verzichtbar erschienen.

Natürlich wagte sie es nicht, ihrer Verletzung lautstark Ausdruck zu verleihen oder gar geschickt Argumente für ihren Weiterverbleib ins Treffen zu führen, sie nahm die Entscheidung mit derselben Eilfertigkeit an, mit der sie seit jeher sämtliche Aufgaben erledigt hatte, ja, sie bedankte sich auch noch für Lob und Anerkennung. Erst alleingelassen brachen die Tränen aus ihre heraus und blanke Wut gesellte sich zum Schmerz.

Den Freitagabend überstand sie dann mit einem Konzertbesuch - zum Glück hatte sie durch ein Theater-, Opern- und Konzertabbonnoment Vorsorge für gesellige Stunden getroffen - den Samstag brachte sie mit Einkäufen, Besorgungen und dem üblichen Wohnungsputz über die Runden, der Sonntag konfrontierte sie nun aber beinhart mit ihrer Einsamkeit auf der einen und dem Verlust ihres Lebensinhaltes auf der anderen Seite. Sie hatte im Beruf ihre Erfüllung gefunden! Echte Freundschaften hatte sie nie gepflegt, sie war das 'Ein und alles' ihrer fürsorglichen Eltern, mit denen sie zeitlebens die Wohnung geteilt hatte, die ihr nach beider Tod selbstverständlich zugefallen war. Nein, einmal hatte sie eine Liebesbeziehung erlebt und war auch kurz zu dem Geliebten gezogen, doch die Verbindung ging so sang- und klanglos auseinander, wie sie begonnen hatte. Es war ihr wahrscheinlich in Blitzesschnelle gelungen, den Partner von ihrer Bedeutungslosigkeit zu überzeugen. Sie vermittelte ihm wohl andauernd, daß sie seiner Gefühle und Wertschätzung gar nicht würdig sein konnte und kehrte nahezu mit Erleichterung in die Obhut ihrer Eltern zurück.

Frida sprang nun doch entschlossen aus dem Bett, riß die Fenster auf, ließ den warmen Frühlingstag, der sich schon als Vorbote des Sommers gebärdete, in die kleine Wohnung herein und machte sich für einen Fahrradausflug fertig. Unzufrieden musterte sie ihr Spiegelbild beim Anziehen. Sie war im wahrsten Sinn des Wortes unscheinbar: ein schlankes, ältliches Mädchen, blaß, mausgrau, mittelgroß, farblos, alterslos, nunmehr arbeitslos - dachte Frida sarkastisch - und damit war ihr Leben sinnlos.

Sie schwang sich auf ihr Rad und fuhr in Richtung Prater. Auf der Hauptallee herrschte reges Treiben, jung und alt tummelte sich im Grünen und genoß den schönen Tag. Frauen, Männer und Kinder, spazierend oder laufend, auf Rädern oder Pferden, mit Inline-Skatern, auf Trittrollern, allein, zu zweit, in Gruppen unterwegs ..., alle schienen so glücklich und zufrieden, daß Frida wie wild in die Pedale trat, um dieser munteren Schar so rasch wie möglich zu entkommen. Es zog sie zur Donau. Nein, sie wollte heute nicht zur 'Neuen Donau', wo sie häufig 'auf der Insel' oder am Entlastungsgerinne entlangradelte. Sie war nicht der Typ, der auf die bunte Copa Cagrana paßte, aber in gemütlichen, entlegeneren 'Radlertreffs', wo sie problemlos die lustige Gesellschaft der Sportler und Sportlerinnen teilen konnte und Gefallen an deren umkomplizierter Unterhaltung fand, war sie oft gesehen. Was sollte sie sonst am Sonntag bei Schönwetter unternehmen? Heute wollte sie am rechten, ruhigen Ufer der Donau bleiben und ... und was? Sie wußte auf die Frage keine Antwort und mochte sich keine geben.

An der Donau, am nahezu menschenleeren Treppelweg, beruhigte sie sich. Die Donau war grau, so grau ... das entsprach wenigstens ihrer Stimmung. Sie ließ ihr Rad stehen, begab sich ganz nah zum Uferrand, setzte sich auf einen Stein und starrte in das gleichmäßig dahinströmende Wasser. War sie lebensmüde? Sie dachte an ihre Eltern: die Mutter war behütet, in die Liebe des Mannes gebettet, gestorben, als es für sie 'an der Zeit' war, der Vater hatte wenig später die Augen für immer geschlossen, für ihn war mit dem Tod der Frau das Leben zu Ende. Frida wäre gern diesem Beispiel gefolgt. Schlafen, nicht mehr aufwachen, wie wenn man ein Buch schließt, dessen Lektüre keinen Sinn mehr macht. Diese Art von Abschied war ihr jedoch nicht gegönnt. Der Sprung ins Wasser, war das eine Lösung? Schon der Gedanke an den Kälteschock ließ sie schnell zu ihrem Rad eilen. Sie schob es nun vor sich her, sah fast neugierig 'zur Insel' hinüber und lächelte, als ihr einfiel, daß mancher junge Mensch der festen Überzeugung war, 'die Insel' hätte es 'schon immer' gegeben. Dass dieses herrliche Freizeitparadies künstlich 'aus dem Boden gestampft', und das 'Gerinne', der zweite Flußlauf, Wien vor den verheerenden Hochwassern vergangener Jahrhunderte schützen sollte, und sich die Nutzung des Geländes für Erholung, Sport und Spiel erst im Lauf des Ausbaues ergeben hatte, stieß heutzutage oft auf ungläubiges Staunen. Sie war als Kind mit ihren Eltern oft in den Donauauen unterwegs gewesen. Die Liebe zum Wasser und zur Luft waren ihr wohl schon in die Wiege gelegt worden. Die Bewegung der gewaltigen Erdmassen zum Bau 'der Insel' hatte sie als Zuschauerin miterlebt. Sie erinnerte sich an die Skepsis, mit der sie die Arbeiten verfolgt hatte: "Würde sich die Donau *das* gefallen lassen?" Und dann war sie sicher eine der ersten gewesen, die die neuen Möglichkeiten zu nutzen gewußt hatte, auch häufig gemeinsam mit ihrem Freund. Was wohl aus ihm geworden war?

Gedankenverloren kam sie in den Bereich des Alberner Hafens und nahm plötzlich ein Schild, das in Richtung "Friedhof der Namenlosen" wies, wahr, das noch nie ihre Aufmerksamkeit erregt hatte. Vom Friedhof hatte sie wohl aus Erzählungen gehört, sie wußte aber, daß er seit

Jahrzehnten aufgelassen war, umso mehr wunderte sie sich über die Tafel. Wenig später stand sie vor einem gusseisernen Kreuz, das die letzte Ruhestätte all jener schmückte, die bis zur vorigen Jahrhundertwende in der Donau ihr Leben gelassen hatten. Der eigentliche Friedhof befand sich wenige Meter entfernt, höher gelegen, hinter einer dicken Mauer verborgen. Mit Erstaunen bemerkte Frida zahlreiche hin- und wegströmende Besucher und Besucherinnen. "Wieso läßt man Tote nicht in Frieden?" fragte sie sich irritiert. Sie ließ den Friedhof entschlossen rechterhand 'links liegen' und strebte dem nahegelegenen Gasthaus zu. Sie wußte schon, daß Gasthäuser anscheinend zu Friedhöfen gehörten wie die Wurst aufs Brot, doch die Vorstellung, daß sie nicht einmal eine schöne Leich' sein würde - ihr fiel in der Schnelligkeit gar niemand ein, der sie im Himmel weinselig hochleben lassen würde - trieb sie wieder in die Gegenrichtung. Sie stellte ihr Rad ab und erklomm die Stiegen zum Friedhofseingang. Was sich ihr hinter der Mauer offenbarte, raubte Frida fürs erste den Atem. Etwa hundert Metallkreuze blitzten ihr im gleißenden Sonnenlicht von den mit tausenden Veilchen bewachsenen, in Reih und Glied angeordneten, einfachen Grabhügeln entgegen. Frida empfand diese Schönheit, mit der die Natur die namenlosen, unglücklichen Opfer, die die Verzweiflung in die Donau getrieben hatte, umhüllte, als Ausdruck ausgleichender Gerechtigkeit. Sie freute sich nun auch über die vielen Menschen jeden Alters, die den Toten an einem herrlichen Frühlingstag mit ihrem Besuch ihr Mitgefühl und Verständnis zeigten. Hätten sie zu Lebzeiten so viel Zuwendung erfahren, hätten sie vielleicht nicht freiwillig den Tod gesucht. Sie konnte nun nachempfinden, daß die Gräber liebevoll gepflegt und betreut wurden. Mensch und Natur wirkten in seltener Harmonie zusammen, den Lebensmüden einen wohlverdienten Ort der Geborgenheit zu schenken.

Sie stand noch immer traumverloren auf der Plattform vor der "Auferstehungskapelle" und lauschte mit halbem Ohr den Erzählungen des betagten Friedhofsaufsehers, dem eine buntgewürfelte Personengruppe zuhörte: "...die wenigen Kreuze mit Namen sind die jener Opfer, die man identifizieren konnte, alle anderen sind namenlos..." Langsam ging sie die Stiegen zu den Gräbern hinunter. Sie genoß den Zauber des Ortes, das Vogelgezwitscher, die Ruhe, die Wärme der Sonnenstrahlen ... Frida fand Frieden. Liebe zu den Menschen durchströmte sie. "Beugen Sie sich hinunter, Sie müssen die Veilchen riechen!" hörte sie die Stimme des Friedhofswärters. Folgsam tat sie, wie ihr geheißen, kniete nieder, sog den Duft der Blumen ein, als würde sie künstlich beatmet werden. Eine Idee durchzuckte sie: "Ich will etwas für die Menschen tun! Für die, die noch am Leben sind, aber nicht damit fertig werden. Ich werde helfen." - "Sie müssen wiederkommen, nächstes Jahr nach der Schneeschmelze. Da sind die Gräber in ein Meer von Schneeglöckchen getaucht!" erzählte der Aufseher. Sie würde wiederkommen, das wußte sie, wenn sie Besinnung suchte oder einen Rat brauchte ... und plötzlich war sie glücklich, namenlos glücklich.

Foto: Ingeborg Reisner

Ingeborg Reisner

Donaugeschichten, die nie geschrieben wurden

Unzählbar die weißen Samen der Zitterpappeln, die der Wind über das Gasthausdach, über die blühenden Holunderbüsche und die angenehm duftenden Robinienbäume trägt, die, auf den Boden gesunken, sich ausbreiten wie eine flaumige Daunendecke, wieder hochsteigen beim nächsten Windstoß und weitersegeln, hin zu denen, die da ruhen in Weltabgeschiedenheit, begraben nicht in der Erde, sondern im Donausand.

Endzeitig die Stimmung in diesem Teil des Albaner Hafens wo die Schienen der Materialbahn eines nahgelegenen gigantischen Umschlagbetriebes für Getreide, Zement und Sand enden und im wirren Blättergestrüpp der Büsche und des Unkrautes ein einziges gußeisernes Kreuz darauf hinweist, daß hier 478 Tote liegen.

Umgekommen im zeitlichen Ablauf von 60 Jahren, von 1840 - 1900. Man hat sie, denen die immer wieder über ihre Ufer tretende Donau die Ruhe in der für sie vorgesehenen Ruhestätte nicht gewährt und ihre Gräber devastiert hatte, nicht dorthin transferiert, wo nach Verstärkung und Erhöhung der Donauhochwasserdämme in den folgenden 40 Jahren jene 104 Unglücklichen ihren Platz gefunden haben, die so wie sie, ihnen in der Zeit vorangegangen, im vielbesungenen walzerverewigten Strom ihr Schicksal beendet haben. Eine schmale Straße und die Schienenstränge trennt die nicht mehr Gekennzeichneten von denen, die etwa 60 Meter entfernt, in einer natürlichen Mulde ruhen, begrenzt von hohen Kastanienbäumen, einer Mauer und einer Kapelle, im "Friedhof der Namenlosen".

Getrennt sind sie auch durch den Zeitenlauf, gemeinsam ist ihnen, daß ihr Lebensstrom im großen Strom der Donau zum Stillstand gekommen ist.

Gemeinsam auch die Tatsache, daß, was immer geschehen ist an großen und an kleinen Ereignissen im Verlauf der Menschheitsgeschichte und an Schicksalsschlägen des Einzelnen, gleichsam nicht geschehen ist, wenn es nicht auch niedergeschrieben wurde - und ihre Geschichte wurde nicht niedergeschrieben.

Gleich sind sie alle die gußeisernen Kreuze mit dem mattsilbernen Christus unter denen die Umgekommenen am "Friedhof der Namenlosen" ruhen wie - bis auf wenige Ausnahmen - auch ihre Todesart die gleiche war.

Wer die paar Stufen, die seitlich von der Kapelle in den kleinen Gottesacker führen, hinabsteigt, nimmt nur sechs Grabsteine wahr, die diese Gleichheit durchbrechen, doch die bescheidene Individualisierung läßt keine Schlüsse auf die Lebensgeschichte der Bestatteten zu. Auch nicht der relativ große Grabstein der um 1856 geborenen und 1904 gestorbenen Babette Glück, deren Namen höchstens darüber Auskunft gibt, daß er kein Omen war.

Namen - soweit vorhanden - sind überwiegend Männern zugehörig. Aus dem seit 1912 geführten und irgendwann verschwundenen Totenbuch weiß man, daß 38 Frauen bestattet sind, für die wohl im einstigen Sozialgefüge einer intoleranten, unbarmherzigen und verlogenen Gesellschaft kein Platz war. Sie hatte keine Lösung für die Probleme Verzweifelter anzubieten.

Viele Tafeln tragen die Aufschrift Namenlos oder Unbekannt. Fast immer sind diese ohne Angabe des Geschlechtes. Auch die Lebensdaten der Aufgefundenen fehlen so manchesmal, selbst wenn der Name angegeben wird. So mancher sollte mit Absicht namenlos bleiben, auch wenn der Name eruierbar gewesen war. Haben sich doch viele der Verwandten gescheut, den freiwillig aus dem Leben Geschiedenen heimzuholen auf den Bezirks- oder Dorffriedhof. Eine Schand' war's ja, wenn einer mit dem Leben nicht fertig geworden ist, eine Schand', die auf die ganze Familie gefallen ist, wenn man einen solchen Toten hatte, den man betten sollt neben den anständigen Toten. Und ein ordentliches christliches Begräbnis hätt's auch nicht gegeben, denn die, die meinten, daß sie die legitimierten Nachfolger und Anhänger des Gottes sind, der das Licht der Barmherzigkeit in die Welt gebracht hat, haben durch Jahrhunderte zugelassen, daß einer, der dem Druck der Seelenqual und der in der sozialen Hierarchie herrschenden menschlichen Kälte nicht mehr standhalten konnte, irgendwo an der Friedhofsmauer ohne Einsegnung verscharrt worden ist.

"Kommet zu mir, die ihr mühselig und beladen seid, ich will euch erquicken", sprach der Herr.

Die Mühseligen aber und die Beladenen konnten nirgendwohin gehen. Nicht zu den Vertretern der Kirche, nicht zu den Angehörigen der eigenen Familie ...

Im Mai blühen auf den Gräbern des "Friedhofes der Namenlosen" fahlblaue Schwertlilien und blutrote Pfingstrosen ...

O Maria, Schmerzensreiche, von sieben Schwertern durchbohrt, hilf ...!

Gegeißelt, geschunden, dein heilig Leib, dein rosenrotes Blut allüberall, o Herr Jesus hilf ..!

Ihre Gebete unerhört geblieben, auf den eingesunkenen Grabhügeln zu Blumen geworden?

Was mag das Leben ihr angetan haben, dieser Rosa Majewsky, blutjung wie sie war, einer Rose gleich wie ihr Name sagt. Nur 18 Jahr hat sie gelebt, von 1912 - 1930.

Von der Theresia Rochel weiß man, so steht's hier zu lesen, daß sie eine Wirtschafterin war und von 1879 - 1937 unter den Lebenden weilte. Mit 58 Jahren damals schon eine alte Frau ...

Hat es keinen Platz mehr gegeben für sie? Hat sie das Wirtschaften nicht mehr derpackt, weil sie krank war?

Der Rudolf Gutmann galt daheim wohl nicht als guter Mann, weil er in die Donau gesprungen ist, so jung an Jahren. Mit 36 Lenzen wußte er nimmer wie es weitergehen sollt und d'rum muß er hier unter den Kastanienbäumen liegen, nicht weit von der Donau, wo er ein Ende gemacht hat und nicht dort, wo er daheim war. Das war im 30-er Jahr des vorigen Jahrtausends..

Auch der Edmund Pollak, der im Feber 1904 seinen letzten Ausweg in der Donau suchte, ist nur 31 Jahr geworden. Er zählt zu den wenigen Privilegierten, die einen Grabstein über ihrer sterblichen Hülle haben. Die Verwandten und Kollegen haben ihn gestiftet, wie zu lesen ist.

Ob Geselle oder Meister, die Verzweiflung macht, wenn sie jemanden heimsucht, keine Standesunterschiede. Der Adolf Kraftel war ein Drechslermeister und ist 1902 mit 41 Jahr ins Wasser gegangen, der Maurergeselle Alex Hannschmidt hat zu Beginn des Zweiten Weltkrieges das Leben nicht mehr ausgehalten und der Bäckergesell Ladislaus Kampf war 46jährig wohl der letzte, den man hier begraben hat, denn nach 1940 gibt es keine Belegungen mehr.

Ein Durstiger mag schon so manches Mal aus eigener oder fremder Hand getrunken haben, das Naß, weil kein Krug zur Hand, aus einem Brunnen, einem Fluß geschöpft.

Wer aber kann verstehen wie das zugegangen sein mag?

"Ertrunken durch fremde Hand" ist der Wilhelm Töhn am 1. Juni des Jahres 1904.

An des Friedhofbesuchers Herz rührt am meisten wohl die schwarze Tafel auf der nichts anderes steht als "Sepperl"... und mit ihm kommen wir zu jenen Toten, deren Schicksal im eigentlichen Sinn keine "Donaugeschichten" sind, die aber bei jenen ruhen, die, wie man weiß, zumeist von Fischern geborgen worden sind.

Der gute Josef Fuchs, Totengräber, Gärtner und Betreuer des "Friedhofes der Namenlosen", der, nur unterbrochen von seinem Kriegseinsatz, über 60 Jahre hindurch bis zu seinem Tod im Jahre 1996 mit sehr viel Liebe und sehr selbstlos seiner Aufgabe nachgekommen ist, hat im Jahre 1920 den Sepperl in einer Schuhschachtel am Donauufer gefunden. "Einen Tag alt war er wahrscheinlich nur, hat der Vater gemeint", erzählt heute Josef Fuchs Junior, längst selber ins Seniorenalter gekommen und erzählt auch wie seltsam es doch seiner Familie vorgekommen ist, daß der Vater jeden, aber auch wirklich jeden Tag auf den Friedhof gefahren ist, um zu arbeiten oder nach dem Rechten zu sehen, er aber jetzt auch schon seit sechs Jahren genau das gleiche tut.

"Das Kinderl" erzählt der Mann, der die Tradition seines Vaters fortsetzt, weiter, "das mein Vater gefunden hat, hat natürlich nicht Sepperl geheißen, denn nichts wußte man von dem armen Wurm. Mein Vater hat ihm seinen Namen gegeben."

Recht stattlich nimmt sich der Grabstein des Isidor Bethie aus unter dem der einstige Wirt und Besitzer des Gasthofes beim "Friedhof der Namenlosen" liegt und der im Jahre 1927 mit 56 Jahren zu Grabe getragen wurde, als anständiger Toter sozusagen unter den vielen Wasserleichen. Das dem heutigen und einstigen Standplatz des Friedhofes so nahegelegene Gasthaus hat es schon etwa 20 Jahre vor der Geburt des Herrn Bethie, der ein 1871er-Jahrgang war, gegeben. In den Fünfzigerjahren des 19. Jahrhunderts stand es noch auf Pfahlbauten.

Einer, der auch nicht in die Donau gegangen ist und doch seinen berechtigten Platz auf dem Friedhof hat, ist Stefan Molner. Gerade so alt geworden wie der Herr Jesus Christ, hat er sich 1930 irgendwo am Donauufer erhängt. Sein Vater war damals Totengräber auf dem "Friedhof der Namenlosen" und just ihn hat man bei Nacht und Nebel geholt, um den Aufgehängten ins kleine Leichenschauhaus zu bringen, wo die Toten vor ihrer Bestattung bis zur Freigabe durch einen Arzt aufgebahrt blieben. Wie meistens damals hat man die Geborgenen im Schubkarren zum Friedhof transportiert. Nicht gleich hat der alte Molner im Schein der Lampe gesehen, wen er da aufgeladen hatte. Als er's aber erkannte, da war's aus für immer mit seinem Beruf, den dann der Josef Fuchs ergriffen hat.

Nicht in der Donau hat er sein Unglück ertränkt und doch liegt er hier, denn sein Unglück war die Donau selber, die ihm die Mutter genommen hat. Der Oskar Gettler hat sich 1933 direkt am Grab seiner Mutter erschossen und liegt seit damals nicht weit von ihr unter dem feinen, hellen Donausand. Er hat es nie verkraften können, daß ihn die Mutter, die Cäcilie Gettler, die im Jahre 1928 ertrunken ist, auf dieser Welt alleingelassen hat.

Die Geschichten, diese nie geschriebenen Donaugeschichten, werden sie erzählt? Leben sie als Legende weiter?

Die einzige G'schicht', die sich die Leut' heut noch erzählen - und sie wird weiter erzählt - ist eine recht sonderbare, eine rechte Gespensterg'schicht' und eigentlich eine Liebesgeschichte, die glauben kann, wer will.

Ein Mädchen namens Freny wählte den Freitod in der Donau, weil sie ihren Liebsten nicht heiraten durfte. Als man sie fand, trug sie den Ring ihres Verlobten. Der Mann, mit dem Zunamen Moser, folgte ihr, die Trauer nie beenden könnend, viel später nach. Einem Fischer erschien zunächst das Mädchen in seiner Hütte und zu einem späteren Zeitpunkt auch ihr Liebster, der, als man seine Leiche gefunden hatte, angeblich den Ring am Finger trug, den er Freny zu Lebzeiten geschenkt hatte.

Die Toten, die zumeist niemand gekannt hatte, deren Leid ebenfalls unbekannt war und deren Lebensgeschichten in der Donau ein Ende fanden, sind dennoch nicht vergessen.

Der "Friedhof der Namenlosen" wird nicht nur weiterhin ganzjährig gut betreut, zweimal jährlich bringen die Blumenbinder und Floristen an die 30 Kränze auf den Friedhof, öfters das Gesellenstück der ausgelernten Lehrlinge.

Jeden ersten Sonntag nach Allerheiligen bauen Fischer ein Floß in Form eines Grabes, das mit Kränzen geschmückt und in Begleitung vieler Teilnehmer des Rituals zur Donau getragen, auf eine Zille geladen und zur Strommitte gerudert und ins Wasser gelassen wird. Diese Art der Kranzniederlegung geschieht im Gedenken an die nicht geborgenen Opfer, die ihr Leben in der Donau gelassen haben oder heute noch lassen und deren Abschiedsbrief oder am Ufer zurück gelassene Kleidungsstücke davon Kunde geben, wie sie gestorben sind.

Seit 1985 wird in der Friedhofskapelle zu Allerseelen eine Messe gefeiert. Verzeihung und Verständnis ist nun auch von der Kirche für diese armen Seelen angesagt anstatt Ausgrenzung und Verdammung.

Evamarie Taferner

Auferstehung

Wenn der Strom
zu singen beginnt,
wirft der Mond
die silbernen Netze
ins dunkle Gewässer.
Dort, wo immerwährendes
Dröhnen und Grollen
des widerwillig sich
gebärdenden Gesteins,
harren die bedrängten Seelen
der am Leben Zerbrochenen.
Ihre Stunde ist da.
Zwischen wirbelnden
kreiselnden Wellen
steigen sie auf.
Ein anderes Licht
erhellt die erlosch'nen Augen.
Mit rauschenden Klängen
gibt ihnen die Donau
ihr letztes Geleit.

Ingeborg Reisner

Das Wunder an der Donau

Das der deutschen Sprache eigene, zusammengesetzte Substantiv gibt es weder im Englischen noch im Französischen noch im Italienischen. Will man den Inhalt eines solchen Wortes einem, der des Deutschen nicht mächtig ist, übersetzen, so bedient man sich in seiner Sprache des Genetivs. Ein Kriegsopfer ist ein Opfer des Krieges, ist einer, der durch den Krieg umgekommen ist. Auch im Deutschen wird durch die Auflösung in den Genetiv der Sachverhalt klarer.

Was aber will das zusammengesetzte Substantiv Donauopfer ausdrücken? Daß einer ein Opfer der Donau geworden ist? Setzt man den Genetiv, der ja ein Possesivgenetiv ist, hat die Donau den vermeinten Menschen in Besitz genommen, ja noch mehr: sie wird zur Täterin, zur Mörderin und damit erweist sich in diesem Fall der gesamte Begriff, ob als zusammengesetztes Substantiv oder aufgelöst in den erklärenden Genetiv, als unzutreffend.

Es gibt Menschen, die den Freitod gewählt haben und sich dafür als Vehikel zum Zweck der Durchführung ihres Vorhabens der Donau bedient haben. Es gibt Menschen, die Opfer ihrer Unachtsamkeit geworden sind oder, weil sie des Schwimmens unkundig waren, in den Fluten umgekommen sind. Andere wieder sind Opfer eines durch Sturm verursachten Schiffsunglückes geworden oder wurden von einem Malefizkerl in den Strom gestoßen.

Es gibt Ereignisse, von denen man sagt, daß sie nur in Wien passieren können. Ein solches Ereignis hat an einem regnerischen Sonntag im Morgengrauen des 1. August 1976 stattgefunden.

Von den meisten Menschen, die in Niederösterreich auf dem Albaner "Friedhof der Namenlosen" liegen und die zahlenmäßig erfaßt sind, kennt man die Identität nicht. Zu ihnen stehen in einem besonders bemerkenswerten, gleichsam abstrakten Gegensatz jene Menschen, die an diesem denkwürdigen Tag vor 25 Jahren die Donau n i c h t auf der Reichsbrücke überquert haben. Ihre Anzahl sowie Identität sind gänzlich unbekannt. Es sei denn, man nähme sich die Mühe, festzustellen - was vermutlich nicht möglich ist - wer in dieser Nacht in Wien anwesend war.

Es scheint, als ob die Donau der berühmten Brücke gnädigerweise für ihren Einsturz nur eine ganz bestimmte Stunde konzidiert hätte, wissend darum, daß jede andere Zeit zu einer Katastrophe allergrößten Ausmaßes hätte führen müssen. Die Donau wollte sich keine Opfer holen. Hätte man ihr doch wieder so und so viele Opfer nachgesagt und vorgerechnet, die in Wahrheit nur Opfer der versagenden Brücke bzw. deren Ingenieure gewesen wären.

Das Wunder an der Donau war, daß der Einsturz der Reichsbrücke, die zu einem der meist befahrenen Verkehrswege Österreichs zählt - zu dem damaligen Zeitpunkt passierten sie in einer Stunde allein in öffentlichen Verkehrsmitteln 18.000 Fahrgäste (die Anzahl der privaten Pkws und zweirädrigen Fahrzeuge ist nicht eruierbar) - frühmorgens um 4.43 Uhr stattfand und nicht in der morgendlichen oder frühabendlichen Stoßzeit, nicht im Mittagsstau oder zu irgend einer anderen Stunde, in der das Verkehrsaufkommen auf diesem topos grundsätzlich immer hoch ist.

Ein Wunder dieser Art kann wahrlich nur in Wien stattfinden. Wohl aber auch nur zu Wien paßt der Umstand, der sich bei näherer Betrachtung wie die Idee eines Schildbürgers ausnimmt, nämlich, daß diese höchst frequentierte und schwer belastete Brücke, die in dieser ihrer zweiten Bauform auch schon fast vier Dezennien bestand, nur ein Mal im Monat von einem biederen Werkmeister (nicht etwa von einem Ingenieur oder von Fachleuten einer Firma, die sich auf den Bau von Stahlbrücken spezialisiert haben), kontrolliert wurde.

Der technisch versierte Beamte, wie er von der Gemeinde bezeichnet wurde, war nicht etwa mit speziellen Meßgeräten ausgerüstet, die der Messung von Druck-, Spannungs- und Gewichtsprüfungen dienten; auch Begriffe wie Echolot, Infrarot oder Röntgenstrahlen dürften seinen verantwortlichen Vorgesetzten unbekannt gewesen sein. Die Kontrolle fand mittels eines Fernglases statt ...

Eine surreale Filmszene: Einsamer Wanderer sucht auf einer mehr als einen Kilometer langen Brücke nach Rostflecken ...

Weniger surrealem Filmgeschehen zuzuordnen, eher in den Komödienbereich fällt die Tatsache, daß zur gleichen Zeit als unser visuell agierender Kontrollor mit seinem Fernglas unterwegs war, auf dem Planeten Mars die amerikanische Weltraumsonde "Viking I" mittels eines mitgeführten Labors den Marsboden untersuchte. Man muß aber nicht unbedingt die Arbeiten auf dem Mars zum Vergleich der Diskrepanz, die zwischen diesen beiden Untersuchungsmethoden besteht, heranziehen, um aufzuzeigen, was nur in Wien möglich ist. Unsere Nachbarn an der Donau überprüfen in Budapest Druck und Spannung ihrer Elisabethbrücke täglich vier bis fünf Mal. In Deutschland ist eine Überprüfung der Brücken innerhalb von 24 Stunden vorgeschrieben. In Großbritannien übernimmt diese Arbeit ein unentwegt in Einsatz stehendes Spezialteam.

Was war vor 25 Jahren im Morgengrauen dieses Hochsommertages wirklich geschehen? Rollen wir die Vorfälle noch einmal auf. Vorweggenommen sei, daß die Donau, die wir in dieser Realgeschichte irrealerweise personifiziert haben und die in dieser Eigenschaft ihr Bestes getan hatte, die Großkatastrophe zu vermeiden, e i n e n Todesfall doch nicht verhindern konnte.

Involviert in den bis heute nicht faßbaren Vorfall waren insgesamt sieben Personen. Die Magie der Glückszahl sieben reichte nicht vollkommen. Die sechs Davongekommenen konnten für die Chronik einer Stadt, derzufolge ja einmal einer sogar seinen Rausch bei den Pesttoten ausgeschlafen haben soll und dann munter des Weges gegangen ist, genau berichten, was ihnen widerfahren, vielmehr nicht widerfahren ist.

Die Zitate ihrer persönlichen Schilderungen entnehmen wir der am 2. August 1976 und in der Folge erschienenen Kronenzeitungsberichten.

Drei Burschen, der 19-jährige Fritz Fürst aus Rückersdorf und seine beiden Freunde, Erich Burdich (17), Walter Riepl (17), beide aus Gänserndorf Niederösterreich, hatten sich nach einem ausgedehnten Praterbesuch mit ihrem Wagen auf der regennassen Fahrbahn am Praterstern überschlagen. Sie blieben dabei unverletzt, setzten die Fahrt fort und ahnten nicht, daß ihr Schutzengel dann an der Donau ein zweites Mal aufs höchste in Einsatz kommen würde. Als sie merkten, daß die Wagenräder Schaden genommen hatten, stellten sie den Wagen am Beginn der Reichsbrücke beim Mexikoplatz ab und riefen um 4 Uhr 15 die Pannenhilfe des ÖAMTC an. Die beiden Pannenfahrer Anton Holoubek und Franz Andreas konnten den Schaden rasch beheben. Als die beiden Helfer schon wieder in ihrem Fahrzeug saßen, begann sich die Katastrophe anzubahnen.

Anton Holoubek: "Es kam wie in Wellen, die Fahrbahn hob und senkte sich, die Brücke begann zu wackeln. Dann ein ohrenbetäubendes Krachen und Pfeifen. Wir wollten weg, nur weg. Da stürzte plötzlich eine der Seitentraversen quer über die vier Fahrspuren. Wir versuchten mit dem

Wagen zu flüchten. In diesem Augenblick stürzte hinter uns die zweite Traverse."

In Panik sprangen die beiden Männer aus dem Fahrzeug und rannten davon. Sie mußten über einen breiten Spalt springen und über meterhohe Trümmer klettern während sie ein furchterregend lautes Grollen begleitete.

Franz Andreas: "Ich werde nie vergessen, was wir in den wenigen Momenten, bevor wir um unser Leben liefen, gesehen haben: Vor uns, nicht allzu weit weg fuhr ein Autobus, und noch weiter vorn ein dunkler Ford-Transit Kleinbus, in dem, glaube ich, vier Personen saßen. Der große Gelenkbus der Gemeinde Wien begann plötzlich zu tanzen und knickte um die Mittelachse ein. Gleichzeitig ging die Brückenmitte parallel zur Stromoberfläche wie ein Aufzug nieder. Was mit dem Kleinbus geschehen ist, weiß ich nicht. Er war plötzlich verschwunden. Vielleicht hat es der Lenker noch geschafft, das unbeschädigte Brückenende zu erreichen. Wahrscheinlich ist aber, daß der Wagen ins Wasser geschleudert wurde."

Es lag keine Abgängigkeitsanzeige vor und dennoch versuchten Feuerwehrmänner und Taucher nach dieser Schilderung sofort, zwischen den Brückenresten, um die sich Wasserstrudel bildeten, die Insassen dieses Kleinbusses zu finden. Die Suche verlief zunächst erfolglos, doch meldeten sich Augenzeugen, die zu früher Stunde Beobachtungen machen konnten. Sie erzählten, daß der Wagen von der Brücke geschleudert worden sei und daß man sogar die Hecktür noch einige Zeit aus dem Wasser ragen sah. Nach diesen Angaben begann - inzwischen waren 24 Stunden seit dem Brückeneinsturz vergangen - eine neuerliche Suche und tatsächlich fand man den Wagen unterhalb jener Brückentrümmer auf die die Zeugen hingewiesen hatten. Feuerwehrtaucher rückten aus und bargen das versunkene Fahrzeug, indem sie an ihm Stahltrossen befestigten. Mittels eines DDSG-Schleppliftes konnte der Wagen an das linksseitige Donauufer gebracht werden, wo man ihn mit Winden auf den Uferdamm zog. Es stellte sich heraus, daß sich der Pannenfahrer geirrt hatte und nur eine Person in den Donaufluten versunken war. Es handelte sich um den 22-jährigen Techniker Karl Kretschmer, der eingeklemmt tot am Fahrersitz saß. Auch ihn hatte, so wie die beiden Pannenfahrer ein beruflicher Einsatz an den Katastrophenort geführt. Beschäftigt bei einer Mietwagenfirma, sollte Karl Kretschmer um 5.30 Uhr ORF-Techniker zum Bisambergsender bringen. Der genaue Einsturz der Brücke erfolgte um 4 Uhr 43. Wenige Minuten zuvor war Kretschmer den drei Burschen mit ihrem Pannenauto noch bei der Zufahrt zur Brücke behilflich gewesen. Sekunden danach - unterwegs zum anderen Donauufer - wurde der Wagen in den Strom geschleudert.

Unfaßbar auch das Glück der 100 Passagiere, die sich auf dem rumänischen Donauschiff "Oltenita" befanden, das am rechten Donauufer vertäut war und durch herabstürzende Eisenteile am Heck beschädigt wurde und dadurch in diesem Bereich unter Wasser kam. Einer der rumänischen Matrosen schilderte den Vorfall: "Wir haben alle geschlafen und dann kam dieser fürchterliche Krach. Es war als ob ein schweres Kriegsschiff gegen die Oltenita geprallt wäre. Ich flog aus meiner Koje und wurde gegen die Kabinentür geschleudert. Dann war da nur mehr Schreien und Weinen. In höchster Panik rannten die Passagiere über den Steg ans Ufer. Über allem stand eine schwarze Rauchwolke."

Bleibt noch vom sechsten der unmittelbar Beteiligten zu berichten, wobei der 49-jährige Buschauffeur Emmerich Volcamser, der den schweren Gelenkbus der Linie 26 in Richtung Stadlau lenkte, den Vorfall am Bewußtesten erlebte, denn er war mit seinem Gefährt schon in der Mitte der Brücke angelangt, als sich der Einsturz abzeichnete. Da er erst auf dem Weg zu seinem Liniendienst war - wieder ein großes Glück im Unglück - war der Bus ohne Fahrgäste. Was erzählte er damals? "Zuerst glaubte ich, mit dem Bus durch Schlaglöcher zu fahren. Im nächsten Augenblick folgte eine Serie schwerer Erschütterungen, dann ging es wie im Lift abwärts. Ich kam erst wieder richtig zu Bewußtsein, als das Wasser durch die Klapptüren eindrang. Ich lag auf den Stufen der vordersten Tür. Meine Kleider waren durchnäßt, Brieftasche und Wagenpapiere weggeschwemmt. Erst in diesem Augenblick erfaßte ich, daß die Brücke weg war und daß ich mit dem Bus zwischen Trümmern lag."

Dem unter schweren Schock stehenden Mann gelang es dennoch die Bustür aufzudrücken und trotz der wilden Wassermassen, die die riesigen Brückenteile umtosten, sich bis zu einem der durchgerissenen Kettenglieder fortzubewegen und sich dort anzuhalten.

"Alles tat mir weh, ich zitterte am ganzen Körper und zündete mir eine Zigarette an. Als die Retter kamen, traute ich mich nicht in das Feuerwehrboot zu springen."

Der Feuerwehr gelang dennoch die spektakuläre Rettungsaktion mittels einer Motorzille, die man auf den einen im Wasser schräg aufliegenden Teil des Brückenfahrbahnbelages geschoben hatte. Daß Volcamser von seinem Fahrersitz geschleudert worden war, hatte ihm schon fürs erste das Leben gerettet. War doch ein schweres Eisenstück durch die Windschutzscheibe des Busses eingedrungen und hatte den Fahrersitz total demoliert.

War die Bergung von Emmerich Volcamser schon schwierig, die Bergung des Busses schien fast unmöglich. Noch am 7. August konnten die staunenden und neugierigen Wiener, die, kaum war der Einsturz bekannt geworden, immer wieder zur Donau zogen, den 26-er Bus sehen. Es war der um einen Meter gestiegene Wasserspiegel, der die Bergung so schwierig machte.

Nicht nur die Wiener fanden sich am Mexikoplatz ein. Findige Veranstalter karrten ausländische Touristen in Bussen zum Schauplatz. Trümmer und Stahlskelett inmitten der Donau waren zur Sehenswürdigkeit geworden wie der altehrwürdige Stephansdom. Am 10. August gelang es der Feuerwehr den Glück-im-Unglückbus an Land zu bringen. Das Entfernen der kolossalen Brückenreste sollte noch fast ein Jahr in Anspruch nehmen.

Dem vielen Rätselraten um die Ursache des Einsturzes machte eine Expertenkommission ein Ende. Nicht etwa der Umstand daß man die Brücke nicht oft genug und absolut unfachmännisch kontrolliert hatte, war schuld. Die Schuld war angeblich bei den Technikern, den Brückenerbauern von anno 1934 zu suchen, die die Brückenpfeiler, die komplett mit Beton gefüllt hätten werden sollen, teilweise nur mit Sand auffüllten, was zur Brüchigkeit der Pfeiler führte. Es war auch auszumachen, daß der linke Pfeiler Kalksinterablagerungen aufwies, was bedeutete, daß von oben Wasser in den Pfeiler eingedrungen war, das sich im Winter noch zusätzlich mit Streusalz vermischt hatte und so von innen her den Pfeiler immer mehr schwächte und schließlich zerstörte.

Die einstige am 10. Oktober 1937 fertiggestellte Reichsbrücke, die nach 1945 "Brücke der Roten Armee" hieß, weil die Russen auf ihr nach Wien vorgerückt waren, gehörte für die Bewohner der Hauptstadt in ihrer Optik zu einem der vertrautesten Wienbilder. Leider wurde das altvertraute Bild nicht mehr rekonstruiert, weil man Brücken dieser Art heute nicht mehr baut.

Am 8. November 1980 wurde die neue Brücke für den Verkehr freigegeben.

Günther Poidinger

Donaustrom beiderlei

Stromabwärts fließt die Donau runter
Stromaufwärts war nie blau ihr Lauf
Am schwarzen Ende, kunterbunter
nimmt sie das Stromlos spät in Kauf.

Sie nimmt auch viele Nebenflüsse
Dazwischen kriegt sie voll viel Dreck
Doch optisch macht sie uns Genüsse
von Wien hat sie den Eurospeck.

Hier lebt sie auch als Flußgerinnsel
Am Rand steh'n hohe Häuser gach
Es riecht sehr streng auf ihrer Insel
Der Magistrat schaut darauf schwach.

Was also soll es mit dem Flusse
Während die Nichte dort gern sörft?
Ich leg der Donau mich zum Beine
Und tu dem Fluss damit das meine
Stromabwärts, wie auch ihr das derft.

Günther Poidinger

DON.AU!
(Für Jandl)

DON? AU!
DONAU? SO?
SO BLAU?
DON SO BLAU.
BLAU DER DON?
BLAU. DER AUCH?
BLAU DER DON.
PLAU DER DON.
DONAU SO. BLAU.
DER TON! ECHT!
DONAU.
P.S.:
LOB AU,
O LAUB!

Herbert W. Franke

Wetterdienst

Die Nacht war schwarz. Der Uhu rief.
Im Donauraume saß ein Tief.

Ein Ibich stand am Waldesrand
mit einem Fernrohr in der Hand.

Der erste schwere Tropfen fiel.
In Wipfeln trieb der Wind sein Spiel.

Es wogte wild der Wolkensee.
Der Ibich starrte in die Höh.

So sann er spät am Heimweg noch:
Warum sitzt dieses Tief so hoch?

Elfriede Haslehner

Blick vom Leopoldsberg

die DONAU
zweigeteilt
von brücken
überspannt
von hochhäusern
gesäumt
glänzend
wie mattes glas

von BLAU
keine spur

Rolf Schwendter

Eine gemäßigte Donaugeschichte

Er hatte einen Geburtstag aufzuweisen, einen ganz und gar nicht runden, der entsprechend weit davon entfernt war, gefeiert zu werden. Sie wiederum hatte ein Jubiläum, das in die Kategorie der Privatmythologien einzureihen war: sie war zum zwanzigsten Mal in Wien. Anlässe also, die keinswegs euphorisch stimmten, zum anderen indes legitimierten, den Alltag momentweise zu durchbrechen. Ihr fiel ein, ein Werbeprospekt gelesen zu haben, für Touristen bestimmt (und zu dieser Personenrubrik war sie ja letztlich, und trotz allem, zu zählen), demzufolge täglich um 15 Uhr und um 19 Uhr Rundfahrten der Donauschiffahrt stattfänden. So absurd dies erschien, entschlossen sich beide, an einer solchen teilzunehmen und gingen am betreffenden Tag um 14 Uhr 45 am Pledenschwatz (beide waren gute Freunde des Schüttelreims, und dieser war von Peter Hammerschlag) an Bord.

Das Schiff wies zwei Etagen auf: eine untere mit gedeckten Tischen und riesigen Speisekarten, der die gastronomische Bestimmung unschwer anzumerken war, und ein Oberdeck, das an diesem Hundstag prall besetzt war - es kam nur darauf an, noch einen Platz zu ergattern, der so einigermaßen in den Schatten zu liegen würde kommen. Das Oberdeck war hegemonial von Gruppen besetzt, die laut und hektisch sich in italienischer Sprache unterhielten, so Klischees auf ähnliche Weise reproduzierend, wie dies andernorts auch österreichische oder deutsche Gruppen in der Fremde gut imstande sind.

Die beiden hatten sich mit Mineralwasser für die 3 1/2 Stunden soweit eingedeckt, um gegenüber den Unvorhersehbarkeiten der Schiffsgastronomie autark zu sein - umso mehr verwunderte sie es, daß von Zeit zu Zeit eine Frau Ober das ebensolche Deck betrat, um Bestellungen aufzunehmen und, ebenfalls von Zeit zu Zeit, sogar auszuführen. Dies war zwar, zum einen, bewundernswert, da die Balance von Tabletts durch die steilen Stiegen zum Oberdeck erheblich erschwert wurde - zum anderen blieb das Organisationsprinzip der Aufnahme und Durchführung von Bestellungen bis zum Schluß der Fahrt undurchschaubar. Zeitweilig obsiegte die Hypothese, daß es eine imaginäre Grenze gab, die die acht der steilen Treppe am nächsten liegenden Tische (an jeder Seite vier) in das

Geschehen miteinbezog, und die außerhalb dieser liegenden Plätze vernachlässigte. Diese Hypothese wurde von ihr im Laufe des Nachmittags erfolgreich falsifiziert, als sie aus anderem Anlaß das Unterdeck betrat, Kaffee und (Geburtstags)Torte bestellte, und dieses serviert worden war, noch bevor sie das Oberdeck wieder erreicht hatte.

Inzwischen waren die Anker gelichtet worden, und das Schiff tuckerte donaukanalaufwärts, begleitet von Durchsagen in mehreren Sprachen, die allesamt gemeinsam hatten, akustisch unverständlich zu sein. Gerade noch war verständlich, daß dem Ringturm und der Rossauerkaserne je eine eigene Durchsage gewidmet worden war. Aber darauf kam es ihnen wohl auch nicht an. Die entscheidende neue Erfahrung war ihnen, auf Stadtgebiete, von welchen kaum ein Meter wenigstens jeweils von einem oder einer von ihnen nicht irgendwann zu Fuß, per Bus oder Straßenbahn durchmessen worden war, eine völlig neue Perspektive zu gewinnen: sie von der Mitte des Wassers gleichzeitig an ihnen vorbeigleiten zu sehen.

Sie fuhren am seltsam aufgeräumten Flex vorbei, und unter der Friedensbrücke hindurch. Sie passierten linksseitig die Alsergrunder Bürgerhäuser, in ihrem Kontrast zu den rechtsseitigen Brigittenauer Standardgemeindebauten, und gewärtigten die vom Lautsprecher eigens gewürdigte Müllverbrennungskathedrale des neuesten Donaukanalschutzpatrons Sankt Hundertwasser. Ab der Spittelau ging das Panorama in ein wenig ansehnliches Industriegebiet über, kenntlich an jenen diversen Logos, die man oder frau auch sonst im Stadtbild gerne mit Vergnügen übersehen hätte, und zum ersten Mal kam ihnen der Gedanke an ein ambivalentes Gefühl bei Rundfahrten wie dieser; ob es nicht auch seine guten Seiten hätte, manches nicht so genau und beschaulich zu sehen.

Da waren sie aber auch schon bei der Nußdorfer Schleuse.

Vor dem Genuß der Flußschiffahrt haben die Götter der Industrie die Schleuse gesetzt. In der Tat hatte er sich schon gewundert, daß die Umrundung der Werderinsel beinahe 3 1/2 Stunden in Anspruch nehmen würde. Hier lag des Rätsels Lösung: ein Drittel der Zeit verbrauchten die beiden Schleusen. Nun ist es für terrestrische Charaktere fraglos faszinierend, zu beobachten, wie ein relativ großes Schiff von Minute zu Minute im Wasser steigt (oder sinkt), bis es den angedeuteten Unterschied von vier Metern endlich überwunden hat, life wahrnehmbar an den sich verändernden Verhältnissen zu Uferböschungen, Kaimauern, Eisenleitern, Steinstiegen. (Dasselbe sollte sich dann mit umgekehrten Vorzeichen bei der Freudenauer Schleuse ereignen). Dann ein tiefer vereinigter Atemzug von Technik und Wasser, das Gefährt mündete nach einem letzten, zumeist emphatischen Blick auf Leopoldsberg und Kahlenberg in die Donau und schwamm flußabwärts.

Demgemäß erhöhte sich das Tempo, wie das Gefühl des Mitschwimmens und der in dieser Hinsicht angenehmerweise nicht verständliche Lautsprecher konnte sich nicht genug tun über Millenium Tower, seinem transdanubischen Gegenstück (dessen Namen ich mit Gewinn vergessen habe), UNO-City. Der Kahn befand sich etwa in der Mitte zwischen Brigittenau und Donauinsel, und die bezeichneten Monstren folglich wie irgendwo am Rande, mit Weichzeichnern weggewischt. Es war ein schlichter Wochentag, und die Donauinsel angenehm menschenleer - das navigierte Vorübergleiten ließ den Gedanken auf kilometerlange Fußmärsche erst gar nicht aufkommen. Fast war es zu rasch, als das Schiff auf seiner Zwischenstation Reichsbrücke einlief. Zu seiner Überraschung verließ ein erheblicher Teil der Passagiere das erstere: wahrscheinlich warteten die Busse dort, um diesen dem nächsten Aspekt des Stationendramas zuzuführen.

Die zweite Donauetappe verlief monstrenfrei, dem Leben als langen, ruhigen Fluß gemäß, auch wenn die Sonne immer noch herunterglühte und das Mineralwasser ganz allmählich zur Neige ging: Auf ihre Anfrage hin bemühte er sich, ihr Kaisermühlen zu zeigen (das mit dem Blues), das im Weichbild der Donauinsel irgendwo dahinterlag (die klassischen Gemeindebauten ansatzweise emporsteigend, etwa wie der Kirchturm in Jura Soyfers Vineta). Rechts flatterte das Ausflugslokal Lindmayer vorbei, und er erinnerte sich flüchtig, in seiner Kindheit nach einem langen Fußmarsch hier einmal Fisch gegessen zu haben, und daneben ein buddhistischer Tempel, den er noch nicht gekannt hatte. Dann die Freudenauer Schleuse, von der bereits die Rede war.

Wiederum donaukanalaufwärts, konnte er sich nicht genug darüber verwundern, wie ausgedehnt der Bezirk Simmering war, den er aus dieser Perspektive noch nie vorher kennengelernt hatte. Viele Böschungen, aufgeweichtes Grün, Bäume, die ihre Blätter ins Wasser hingen, erst etliche Kilometer donaukanalaufwärts der Eindruck einer Naturkulisse, die die 50 Meter dahintergelegenen Zufahrtsstraßen, Ölcontainer, Industrieareale mildtätig verdeckt. Und diese Entfernungen präzise dokumentiert in den periodisch auftauchenden weißen Steinplatten, in welchen Zahlen rot oder schwarz eingefärbelt waren, weithin sichtbar. Von Zeit zu Zeit die Einmündung eines flachen Kanals, kenntlich durch die ausströmende braune Flüssigkeit, zunächst deutlich abgesetzt vom durchschnittlichen Grün des Wassers, und erst einige Meter flußabwärts sich diesem wiederum amalgamierend.

Sie waren in beständiger Versuchung, abwechselnd die beiden einschlägigen Lieder von Richard Weihs ("Donaukanäu" und "Simmering") abzusingen - angenehmerweise konnten sie ohnehin den Text nicht. Auf der Leopoldstädter Seite begleitete sie wiederum kilometerlang der Anblick von in periodischen Abständen gesetzten Häuschen, die wie eine Synthese von aquatischen Schrebergärten und Überschwemmungsgebieten wirkten. Als Hochwasserschutz fielen die hohen Säulen auf, welche eine allfällige Unterhaltung ersetzten, sowie systematisch neben die Stufen von Häuschen zu Kanal gesetzte gleichförmige quadratische Netze, deren Verwendungszweck wohl schwerlich der Fischfang bei Hochwasser sein konnte. Ol' woman river, she keeps jus'rolling along, aber auch sie kann zuweilen außer Kontrolle geraten.

Erst dann, viel später, und beinahe auch schon fertigmachen zur Landung, der Übergang zu den Altbauten des Schüttel, vorbei vorher an den Gasometern, erleichtert, in diesen nicht wohnen zu müssen, ein Blick auf die bohèmische Fähre (und immer noch hat dort keine Lesetheateraufführung stattgefunden) zwischen Schüttel und Rochusviertel, unter der Wittelsbacherbrücke hindurch, das Kunsthaus, das postmoderne Ministerium, die Urania, die Agora. Landen und Aussteigen.

Beide gingen, an Leib und Seele in ruhiger Stimmung, von Bord, und stiegen zur Ruprechtskirche hinauf, wo ein Konzert alter Musik das nächste Ereignis des frühen Abends zu werden versprach.

Eva Jancak

Nachtsplitter
oder Simona ist betrunken

Simona war eindeutig ein wenig schlecht, als sie kurz vor zweiundzwanzig Uhr das Haus der Technik an der oberen Donaulände verließ, um ihren Heimweg anzutreten. Sie war bei einem der monatlich dort stattfindenden Zukunftsgespräche gewesen. "Die Welt der Technik im einundzwanzigsten Jahrhundert" hatte das Thema gelautet. Eine Runde hochrangiger Experten hatte ihre Visionen für das neue Jahrtausend ausgetauscht und ihren Vortrag mit vielen Formeln, Fachausdrücken und Fremdwörtern versehen, an die Wand projiziert.

Simona hatte nicht viel davon verstanden, obwohl ihr zu diesem Zeitpunkt noch nicht schlecht gewesen war; ihr Kopf hatte sich auch noch nicht wie benommen angefühlt. Das war erst später, beim Buffet und während des Gesprächs mit Paul, dem Freund, den sie dort getroffen hatten, geschehen. Simona hatte sich auch diesmal nicht zurückhalten können und solcherart sehr schnell und gierig das reichhaltig Gebotene in sich hineingestopft und dazu zwei große Gläser Rotwein getrunken. Deshalb war ihr auch so schlecht, daß sie meinte, sich übergeben zu müssen und deshalb schwirrten ihre Gedanken in so rasender, ungeordneter Schnelligkeit durcheinander.

Der Vortrag hatte sie dagegen unbeeindruckt gelassen. Sie verstand nicht viel von Technik und interessierte sich auch nicht dafür. Da Simona freiberufliche Autorin war, war sie auf die unentgeltlich dargebotenen Buffets angewiesen, was der Grund auch war, daß sie regelmäßig an den Gesprächsrunden teilnahm und auch die Erklärung für ihre Gier bei dem Buffet.

Aus irgendeinem, ihr selber gar nicht einsichtigen Grund war sie einmal in die Hauskartei hineingeraten und erhielt fortan die Einladungen zu den Veranstaltungen, die, wie der Vorstand zu Beginn erklärt hatte, den Zweck verfolgten, der interessierten Öffentlichkeit die Angst vor der Technik zu nehmen und das negative Image, mit der diese verbunden war, in ein positives umzuwandeln.

Simona gehörte zu den regelmäßigen Besucherinnen der Zukunftsgespräche. Punktgenau pflegte sie dort einzutreffen, dem Vortrag zuzuhören und sich anschließend mit wahrscheinlich noch größerem Eifer am Buffet zu drängen und ihren Teller anzufüllen. Und heute war noch dazugekommen, daß sie Paul getroffen hatte. So hatte sich Simona mit ihrem Rotweinglas und ihrem vollen Teller ein wenig später an dem kleinen Tischchen eingefunden, wo Paul schon Platz genommen hatte.

Paul hielt Simona, während sie schnell und hastig die Wohltaten des Buffets in sich hineinstopfte, seinerseits einen Vortrag. Paul war mit der Diskussion nicht einverstanden und er war auch nicht ruhig geblieben, als er ihr mit lauter Stimme seine Gedanken mitteilte. Während sich Simona also mit dem Roastbeef und den Spargelspitzen auf ihrem Teller beschäftigt hatte, hatte er, der als Networkadministrator sicher sehr viel mehr als sie von der Sache verstand, und für die sich die Technik im Großen und Ganzen im Gebrauch einer Kaffeemaschine beschränkte, losgeschimpft.

Der Vortrag der Experten, mit denen sie beweisen wollten, daß der Mobilfunk die Welt in den nächsten fünf Jahren so total verändern würde, daß kein Stein auf dem anderen verbliebe, hatte ihn nicht kalt gelassen. Dann würden neunzig Prozent der Bevölkerung über ein Mobiltelefon verfügen und neunzig Prozent aller Geldgeschäfte würden über diese Netze ablaufen. Das, was kein Kreditkartensystem geschafft hatte, dem weltweiten Mobileinsatz würde es gelingen, hatten die Experten gemeint und waren in diesem Punkte einer Meinung.

Nur Paul, der Freund, empörte sich und sprach auch noch darüber, als Simona sich ein zweites Mal zum Buffet begab und ihren Teller nochmals füllte. Hatte von der Gefahr und der Mißbrauchsmöglichkeit gesprochen und sich sehr darüber geärgert, daß er von dieser Weltenänderung getroffen werden und der Verpflichtung, sich ein Handy anzuschaffen, nicht entkommen könnte. Vor allem, das hatte ihn so empört, daß er dann gezwungen wäre, mitzumachen und seine Bahn- und Kinokarten in Hinkunft über das Mobilnetz bestellen und abbuchen lassen mußte, obwohl er es nicht wollte. Simona hatte zugehört, gelegentlich genickt und sich nicht wirklich für die Gefahr, die Paul in der weltweiten Verbreitung der schönen, neuen Handywelt vermutete, interessiert und sich daher auch nicht zu sehr davor gefürchtet.

Sie mußte zuviel des Guten in sich hineingestopft haben, wie sie erst so richtig merkte, als sie, nachdem sie sich noch zwei Palatschinken mit Erdbeeren, Schlagobers und Schokoladesauce zubereiten hatte lassen und dazu eine Tasse Kaffee getrunken hatte, sich von Paul verabschiedete und die schwungvolle Drehtüre, die zweifellos auch ein Wunderwerk der Technik war, in Gang setzte, um ihren Heimweg anzutreten.

Aus den sogenannten Lebenseinsichtsgründen hatte sie es sich schon lange angewöhnt, zu Fuß zu gehen und meistens tat sie das auch gern. Heute mußte sie aber zu schnell gegessen haben, denn als sie den Donaukanal erreichte, um an diesem entlang zu laufen, rauschte ihr der Kopf und ihr war, als ob ihr Magen ein Eigenleben hätte. Ihr war schlecht und sie fürchtete, sich übergeben zu müssen.

"Shit", dachte Simona und fuhr sich mit der Hand über ihr dunkles, halblanges Haar. "Ich war zu gierig, das habe ich nun davon! Da hilft mir nichts, daß ich mir morgen das Frühstück und das Mittagessen erspare, denn das flaue Gefühl im Magen nimmt mir die Freude über das Ersparte weg. Nein, nein, Simona, das nächste Mal beherrschst du dich und nimmst dir nur soviel auf den Teller, als du essen kannst, das wird dir besser tun und du fällst damit auch nicht unangenehm auf!"

Reumütig überlegte sie sogar, ob sie sich in Anbetracht der üblen Umstände nicht einen Fahrschein leisten und die Heimfahrt mit der U-Bahn antreten sollte. Da sich aber keine solche in der Nähe befand und es, wenn sie sich schon übergeben mußte, besser war, das im Schutz des Donaukanals zu tun und da die kühle Nachtluft ihrem Befinden nur nutzen konnte, verwarf sie diesen Plan und beschloß, wie vorgenommen, zu Fuß nach Hause zu gehen. Kannte sie den Weg doch gut, war sie ihn doch öfter schon gelaufen.

Das war nicht das Problem. Das war ihre Gier und das Gespräch mit Paul und seine Wut, die sie noch in ihrem brausenden Kopf hatte. Richtig wütend war der Freund gewesen, den sie doch als besonnenen Mann kannte. Heute aber hatte er gegen die Technik und ihren Einsatz losgeschimpft. Seltsam, fiel Simona ein, hatte sie ihn doch für einen Befürworter gehalten, während sie als freiberufliche Autorin in diesem Punkte ganz anders war.

Sie besaß weder Auto noch Führerschein. Kein Fernsehapparat befand sich in ihrer Wohnung und auch kein Handy und kein Internetanschluß, nur ein ganz altmodisches Telefon stand in ihrem Vorzimmer. Ein

Festnetzanschluß selbstverständlich. Als einziges Zugeständnis zur neuen Technologie konnte man betrachten, daß sie sich vor zwei Jahren, als ihre Schreibmaschine ihren Geist aufgegeben hatte, von dem kleinen Förderungspreis, den sie damals gewonnen hatte, einen Laptop und einen Drucker für ihre Textproduktion angeschafft hatte. Sonst aber war sie ohne Zweifel eine altmodische, fast anachronistische Person. Eine Aussteigerin im Leben und Verweigerin der technischen Errungenschaften.

Bei Paul, dem hochspezialisierten Networkspezialisten, war das aber anders, zumindest hatte sie ihn für einen Befürworter der neuen Technologieprogramme gehalten. Vielleicht war er nur betrunken gewesen, hatte er zwar nicht dem Buffet, aber doch den guten Weinen gehuldigt, als er ihr einen zornigen Zusatzvortrag gehalten hatte. Simona hatte nicht sonderlich darauf geachtet, dennoch waren seine Worte trotz der eigenen Benommenheit immer noch in ihr und ließen sich auch nicht vertreiben.

Am Donaukanal war es, es mochte ungefähr 22.30 sein, sehr finster und auch etwas kühl, trotz des Juniabends, was Simona aber nichts machte, hatte sie doch eine Jacke über ihr Kleid gezogen und den Weg kannte sie als eifrige Spaziergängerin ebenfalls sehr gut. Trotzdem ging ihr die Straßenbeleuchtung ab. Vielleicht war das aber nur die Auswirkung ihres Unwohlseins, außerdem war sie mit ihren Gedanken immer noch bei ihrem Freund und seiner zornigen Stimme, mit der er sie vorhin angeschrien hatte, obwohl sie sicher war, daß seine Wut nicht ihr gegolten hatte.

"In spätestens fünf Jahren wird nichts mehr ohne Handy gehen! Ob du es willst oder nicht, wirst du eines haben müssen, um nicht von unserer Konsumwelt ausgeschlossen zu sein. Wenn du dann noch existieren willst, mußt du eines haben, weil dir bei jedem Einkauf automatisch die dazu benötigte Summe mittels Handy abgebucht wird. Mit Bargeld wird dann nichts mehr gehen. Cash existiert nicht mehr und wenn du dich verweigerst mitzumachen, werden sie dich mitleidig ansehen und so tun, als würden sie deine Bedenken nicht verstehen: Ich weiß nicht, was Sie hindert, Herr Kollege! werden sie dir sagen, So ein Handy kostet doch fast nichts und alle Geldgeschäfte funktionieren reibungslos! Das ist doch praktisch, da können Sie doch nichts dagegen haben! werden sie dir freundlich sagen und dabei wie zufällig zu erwähnen vergessen, daß du dann mit deinem Handy, das du so kostengünstig nachgeschleudert bekommst, total überwachbar bist. Das scheint sie nicht zu stören, Simona, Darling, vielleicht ist es aber gerade das, was sie erreichen wollen. Sie sagen es dir nur nicht, sondern reden dir mit wahren Engelszungen ein, daß so ein Handy für dich von Vorteil ist und du unbedingt ein solches brauchst.

Es wird unser Leben verändern. Sie werden uns beherrschen, Simona, ob du es willst oder nicht", hatte Paul, der Freund, der doch sonst so zuvorkommend war, sie mit zornig hocherhobener Stimme angeschrien und keinen Widerspruch geduldet.

Dabei hätte ihm Simona in diesem Punkt viel zu sagen gehabt. Sie würde bei dem neuen Zwang zur Technik nicht mitmachen. Paul könnte diesbezüglich ruhig sein und sie in diesem Punkt als Verbündete betrachten, denn auch Simona würde sich ihre Kinokarte nicht vom Mobiltelefon abbuchen lassen, erstens, weil sie auch dann kein Handy besitzen würde und zweitens sowieso so gut wie nie ins Kino ging. Simona war in diesem Sinne sicher noch viel mehr als Paul als Aussteigerin zu betrachten und würde das auch trotz Notebook und Drucker, den sie seit zwei Jahren neben ihrem immer altmodischer werdenden Festnetzanschluß in der Wohnung stehen hatte, auch bleiben.

Selbst wenn ihre Freundin Gerti über Simonas Verweigerung den Kopf schüttelte. "Das ist die Segnung unserer Zeit, Simona!", hatte sie bei ihrem letzten Besuch zu ihr gesagt. "Du wirst sicher auch noch mitmachen und es dir nicht leisten können, zu verweigern. Denn wer nicht dabei ist, wird in den nächsten Jahren zum neuen Analphabetentum zählen und das wirst du nicht wollen! Du wirst dir das Surfen und das Chatten also auch noch angewöhnen und es ist ja auch ganz toll!"

Zum neuen Analphabetentum zählte sich Simona nicht, war sie doch eine schreibende Frau, die den größten Teil des Tages der Literatur widmete und bezüglich ihres kleinen Notebooks und des Laserdruckers war sie auch up to date. Bei der Anschaffung eines Fernsehgerätes, Auto und Mobiltelefon hielt sie sich zurück, ihre Texte tippte und druckte sie aber schon seit einiger Zeit computerunterstützt aus.

Die Tatsache, daß der große und der kleine Lauschangriff über Handys besonders gut funktionierte und nicht nur ihre Geldgeschäfte und Lebensgewohnheiten, sondern auch ihr momentaner Aufenthaltsort von jeder Polizeistation jederzeit abrufbar sein könnte, störte sie. Hätte sie ein Handy in der Tasche, wäre es beispielsweise ein Leichtes zu erraten, daß sie sich momentan auf dem Weg vom Haus der Technik in ihre Wohnung in der D'Orsaygasse befand. Mittels Handy könnte man erfahren, daß sie am Donaukanal war und dort schnurstracks die Promenade hinunterrannte.

Simona war eine mißtrauische Person und wollte nicht beobachtet werden. Von fremden Männern, Heimkommenden und Spaziergängern wollte sie erst recht nicht angesprochen werden.

Gott, war ihr schlecht! Sie hatte immer noch das Gefühl, obwohl sie nun schon eine halbe Stunde lang den Donaukanal hinunterrannte, als würde sie sich übergeben müssen. In ihrem Kopf rauschte und brauste es nach wie vor durcheinander, es beherrschte sie ein unangenehmes Gefühl.

Das nächste Mal würde sie sich beherrschen und nicht mehr so gierig alles in sich hineinstopfen. Das nächste Mal würde sie weniger essen, gelobte sie sich und außerdem wollte sie Pauls Ärger vergessen. Nach Hause gehen, Kamillentee kochen und sich reumütig mit einer Wärmeflasche auf den Bauch ins Bett begeben und die Folge ihrer Unersättlichkeit auskurieren, nahm sie sich vor. Sie blieb kurz stehen, um durchzuatmen und in der Finsternis, die sie umgab, die Orientierung wiederzuerlangen. War sie in der letzten halben Stunde doch sehr auf ihr Unwohlsein konzentriert gewesen, so daß sie nicht mehr wußte, wo sie sich befand.

Es war so finster, daß sie sich in die Gruselstimmung einer Vampirgeschichte versetzt fühlte. Sie war aber auf keinem Friedhof, sondern auf der Donaulände. Befand sich auf dem Weg nach Hause und hatte die Erdberger- bis zur Roßauerlände hinunterzulaufen, um sich in ihre Zweizimmerwohnung in die D'Orsaygasse zu begeben. Das hatte sie schon öfter so getan und nie Probleme gehabt. Nur heute war ihr schlecht!

Sie fühlte sich elend und hatte das Gefühl, als müßte sie sich übergeben. Sie fror erbärmlich, trotz der Jacke über ihrem Sommerkleid und es war so finster, daß sie nicht erkennen konnte, wo sie sich befand. Sonderbar, daß es so finster war und dabei war sie schon im tiefsten Winter, im Dezember, Jänner und Februar diesen Weg gegangen. Damals war, wie sie sich erinnerte, die Straßenbeleuchtung ausreichend gewesen, heute ging sie ihr ab, obwohl es nicht später als elf und außerdem noch Juni war. Aber heute brannte keine Straßenlampe, zumindest konnte sie keine sehen. Wo war die Beleuchtung hingekommen? Sie befand sich am Donaukanal, es war kalt und finster und die Laternen schienen verschwunden. Beinahe wie im Mittelalter sah es aus, oder spielte ihr ihre Phantasie einen Streich, wenn ihr vorkam, sie würde sich in der Vergangenheit befinden und dabei war es im Haus der Technik um die neusten Entwicklungen gegangen. Um die Zukunft, nicht um die Vergangenheit und trotzdem kam es Simona vor, als befände sie sich dort, so undeutlich und verschwommen erschien ihr alles und dazu hatte sie sich außerdem, wie sie erst jetzt merkte, auch noch verirrt.

Ja, wirklich, sie kannte sich nicht mehr aus! Die Finsternis, in der sie sich befand, machte es schier unmöglich sich zu orientieren. Von der Erdbergerlände war sie ausgezogen, um in die D'Orsaygasse zu gelangen und jetzt war sie, wenn sie wenigstens das richtig schätzte, eine dreiviertel Stunde unterwegs. In der beleuchtungslosen Finsternis war es natürlich unmöglich, auf die Uhr zu schauen. Dreiviertel elf oder elf mochte es in etwa sein. Wo war sie also? Weißgerberlände? Schwedenplatz? So würde sie vermuten, sie sah aber nichts davon, so stockfinster, wie es war und das war eigentlich nicht realistisch, denn an einem Verkehrsknotenpunkt, wie es der Schwedenplatz ohne Zweifel war, mußte sowohl Straßenlärm als auch Beleuchtung existieren. Gänzlich ohne Zweifel war es wohl unmöglich, hier im Dunkeln zu tappen, wenn sich oben der Schwedenplatz mit seinen U-Bahnstationen und dem berühmten Eissalon befand, der um diese Zeit von Hunderten frequentiert wurde und trotzdem war es so, was war nur schuld daran?

War sie verrückt geworden oder befand sie sich ohne Straßenbeleuchtung in der Vergangenheit wie beispielsweise in der Welt des Hans Christian Andersen. Dessen Märchen, "die Galoschen des Glücks" war es, das ihr jetzt einfiel und ihr durch den immer noch nicht klaren Kopf ging, das sie als kleines Mädchen gern gelesen hatte. Dort ging es, wenn sie sich recht erinnerte, auch darum, daß sich jemand plötzlich in der Vergangenheit befand.

Sie kam aber von der Zukunft her, von der schönen Handywelt. Jetzt tappte Simona handylos im Finsteren umher, hatte ihre Orientierung verloren und kannte sich nicht aus.

"Verdammt noch einmal!"

Wieder blieb sie stehen, atmete tief durch und starrte auf das Wasser, in der Hoffnung, von dort Orientierung zu erfahren, wenn schon von oben, wo sich der belebte Schwedenplatz vermuten ließ, keine Erkenntnis kam. Dort war nach wie vor alles still und finster, dagegen begann sich jetzt am Wasser etwas zu bewegen. Simona wollte schon frohlocken, dann aber packte sie die Angst. Es war so finster und ihr war nach wie vor schlecht, daß sie sich entgegen ihrer sonstigen Frauenstärke hilflos fühlte. Was, wenn sich ein Mörder oder Würger auf sie zubewegte und ihr Böses wollte? Es könnte sich aber auch um ein oder zwei Polizisten handeln. Man hörte in den Zeiten des großen und des kleinen Lauschangriffes ja nichts Gutes von der Polizei.

So sollte es heutzutage schon vorkommen, daß man zufällig erschossen würde, wenn man verwechselt und beispielsweise für einen Drogenhändler gehalten wurde. Von solchen Beispielen hatte sie in letzter Zeit mehrmals gelesen und gehört. Es mochte ja sein, daß sie jetzt übertrieb. Sie hatte Angst.

Das Rascheln am Kanal verstärkte sich und kam immer näher. Es schien sich um ein Boot zu handeln, das jetzt anlegte. Wenn es kein Sonderkommando der Polizei, keine WEGA- oder SEK-Einsatztruppe war, konnte es sich immer noch um einen Würger oder Frauenmörder handeln. Sie würde einem solchen hilflos gegenüberstehen und konnte sie nicht wehren, weil ihr erstens schlecht war, sie zweitens immer noch nichts sah und drittens war sie in ihrer Angst jetzt schon so weit, daß sie ihrem Freund Paul widersprach und sich im Augenblick nichts so sehnlichst wie ein Handy wünschte oder besser einen Notrufknopf!

Wenn es aus irgendeinem Grund heute schon so stockdunkel war und die Straßenbeleuchtung verschwunden oder nicht eingeschaltet, wünschte sie sich doch ein Handy, um ihre Orientierung wiederzuerlangen oder, wenn sie schon so hilflos war, um Rettung herzurufen! Sich reumütig also bessern, schien sie die Segnungen der Technik, die sie vorhin so verschmäht hatte, doch zu brauchen, wie der Hungrige den berühmten Bissen Brot! Ein Handy mußte her, um Hilfe herzuholen und wenn mittels einem solchen ihr jeweiliger Aufenthaltsort für jeden Polizisten sichtbar war, dann war das ja sehr gut!

Wie war das in dem Märchen von den "Galoschen des Glücks" gewesen? Wie war das dort weitergegangen? Die Straßenbeleuchtung hatte, wenn sie sich richtig erinnerte, dort auch gefehlt. Das Boot schien anzulegen. Sie würde sich zu wehren versuchen. Schreien, davonlaufen! Sie würde sich weder von einem Toten noch von einem Geist in ein Boot zerren lassen und auch von keinem Donauweibchen.

Vielleicht war das des Rätsels Lösung. Die Rache der Götter traf sie nun, nachdem sie vorhin so überlegen die Segnungen der Technik verschmäht hatte, wollten sie sie in die Vergangenheit zurückversetzen, um sie zur Bekehrung zu bringen. Um sie das Fürchten zu lehren, tappte sie in dieser Finsternis mit brausendem Kopf und überfülltem Magen herum und kannte sich nicht aus.

Ihre Gedanken schwirrten immer noch in rasender Geschwindigkeit durcheinander und schlecht war ihr ebenfalls noch! Da ging sie nun von einer Diskussion im Haus der Technik nach Hause und sah am Donaukanal schon Geister und Gespenster! So hatte sich das der Direktor sicherlich nicht vorgestellt, daß ihre Phantasie auf diese Art und Weise über die Technik triumphierte, dachte Simona und merkte nun erleichtert, daß es ihr schon ein wenig besser ging. Sie sah zwar immer noch nicht viel, aber das Brausen ihres Kopfes ließ jetzt etwas nach und auch der Brechreiz schien allmählich zu verschwinden.

Das Boot hatte inzwischen auch angelegt und die Geister, Gnome und Waldelfen, die sich möglicherweise darin befunden hatten, waren verschwunden, ohne sich an Simona anzuschleichen, sie zu vergewaltigen oder zu erwürgen, wie die Handylose schon erwartet hatte. Die Geister waren weg und das Boot vielleicht nie dagewesen, sondern hatte nur in ihrer Phantasie existiert.

Also hatte doch die Technik die Literatur besiegt. Es mußte wohl so sein, nachdem sie sich an dem Buffet so überfressen hatte. Es war die Gier gewesen, die sie Geister hatte sehen lassen, sie hatten ihr aber nichts getan! Sie hatten sie ganz ungehindert passieren lassen. Simona atmete nun wieder tief durch und lief dann etwas schneller in der Dunkelheit weiter. Jetzt mußte sie, wenn ihre Orientierung halbwegs stimmte, beim Schottenring sein. Wenn sie auch nichts sah, würde sie auch ohne Technik nach Hause finden und Pauls Zorn, seine Wut und Besorgnis über den Zwang zur Handywelt, der schloß sie sich nun wieder an und nahm den vorhin so unbedacht geleisteten Schwur reumütig wieder zurück!

Ein Handy brauchte sie nicht mehr, hatte sie doch bewiesen, daß sie auch ohne Elektrizität nach Hause fände, also tief durchatmen. Vom Schottenring, wo sie sich schätzungsweise befinden müßte, war es nicht mehr weit bis zur Roßauerlände und von dort nur noch ein paar Schritte zu ihrer kleinen Wohnung. Wenn sie nur auf die Uhr sehen könnte! Aber es war immer noch so dunkel, daß ihr das nicht gelang. Sie mußte raten und vermutete solcherart, daß es Mitternacht sein würde. Zwölf könnte es jetzt schätzungsweise sein. Die Geisterstunde angebrochen, wie das so heißt und auch als psychologische Erklärung für die vorhin empfundenen Zustände dienen könnte. Davor fürchtete sie sich nun auch nicht mehr! War das Boot doch verschwunden und der Kanal floß still und ruhig wie ehedem und vielleicht waren es gar keine Gespenster gewesen sondern nichts als eine Halluzination.

Keine Geister und auch keine Polizisten und vielleicht waren die Lampen auch nicht verschwunden und sie befand sich weder in der Vergangenheit noch als unfreiwillige Heldin in einem Andersen Märchen. Vielleicht war nichts als ein simpler Stromausfall schuld daran, daß sie nichts sah und ihr überfüllter Magen und ihre überhitzte Phantasie hatten ihr einen Streich gespielt! Was würde wohl das Haus der Technik dazu sagen? Wahrscheinlich empfahl ihr dieses wiederum ein Handy und die Mitnahme einer Spezialtaschenlampe mit Zusatzbatterie zum Schutz der sensiblen Damenwelt, die sich im Finstern fürchtet!

Das kühle Nachtwetter hatte es inzwischen wirklich fast geschafft, das Brausen und das Dröhnen in ihrem Kopf zum Verschwinden zu bringen. Sie war sich auch so ziemlich sicher, sich in der Gegenwart zu befinden. Jetzt wo ihr Rausch allmählich abklang, begann sie wieder klar zu sehen und konnte solcherart nun auch erkennen, daß sich da vorne die Roßauerkaserne und sie selber also schon fast zu Hause befand. Sie hatte es ohne Handy geschafft und sie hatte sich auch nicht übergeben. Die verschwundenen Lampen blieben ihr zwar noch ein Rätsel, störten sie aber nicht mehr.

Sie und ihr alter Freund Paul würden sich auch in Zukunft kein Handy zulegen, da blieb sie sich nun sicher. Das Völlegefühl in ihrem Bauch, das ließ nun auch nach und bei der nächsten Diskussion, da würde sie sich nicht mehr überfressen, darauf würde sie schauen und das nächste Mal wirklich mit der Straßenbahn nach Hause fahren, um nicht mehr in Gefahr zu geraten, in den Höllen der Vergangenheit zu versinken.

Aber was war das? Da vorne war eine Straßenlampe zu sehen, die brannte, also war alles klar! Die Gegenwart hatte sie wieder und sie hatte den Donaukanal nun auch verlassen. Einen Blick auf ihre Uhr konnte sie nun auch werfen. Fast eins war es. Da hatte sie wirklich lange vom Haus der Technik hierher gebraucht. Üblicherweise schaffte sie das in einer Stunde, heute war aber alles anders. Jetzt sah sie aber wieder klar und da vorne befand sich auch die D'Orsaygasse und das Haus, in dem sie ihre Wohnung hatte und die Turmuhr schlug nun auch. Mitternacht und Geisterstunde waren vorüber.

Sie atmete klar und offen, als sie nach ihrem Schlüssel suchte und mit einem guten Gefühl der Erleichterung die Stufen in den zweiten Stock hochstieg. Aufsperren und sich in der Küche, wie vorgenommen, Kamillentee aufgießen und sich in die Badewanne legen. An Paul denken und an die nächsten fünf Jahre, in der laut seiner Prophezeiungen der Handyzwang auf sie zukommen würde, während der große und der kleine Lauschangriff und die Rasterfahndung schon vorhanden waren. Das Licht aufgedreht, das natürlich, selbstverständlich brannte. Ihr altmodisches Festnetztelefon stand auch, wie gewohnt, am Vorzimmerkästchen und fing nun prompt zu läuten an, was Simona als ein weiteres Indiz deutet, daß sie in die Wirklichkeit zurückgekommen war. Es war ihre Freundin Gerti, die zu so ungewöhnlich später oder auch früher Stunde anrief, ihre Stimme klang sehr aufgeregt:

"Bist du es, Simona? Ich hoffe, ich habe dich nicht aus dem Schlaf gerissen, aber ich mußte einfach ausprobieren, ob man schon wieder telefonieren kann. Ich sage dir, Simona, dieser Stromausfall, das war die Höhe, da sieht man wieder, wie sehr wir an die Technik gewöhnt sind, daß einem der Ausfall derselben wirklich irritieren kann! Mich jedenfalls! Den ganzen Abend bin ich wie ein gereizter Tiger in der Wohnung auf und ab gelaufen und wußte nichts mit mir anzufangen, da man ohne Notstromaggregat weder surfen noch fernsehen und auch sonst nicht viel machen kann. Ich sage dir, ich hatte nicht einmal eine Kerze zu Hause. -

Was, du weißt nichts von dem Stromausfall, der die ganze Stadt in den letzten drei Stunden lahmgelegt hat? Simona, du lebst wirklich auf dem Mond und bist so weltfremd, daß du von nichts eine Ahnung hast! - Nein, es war kein Anschlag von linken oder auch rechten Terroristen, die auf diese Art und Weise die Welt lahmlegen wollten, um die Macht für sich zu erobern!" Fast hätte ich das auch gedacht. Es war aber, wie die Nachrichten gerade durchgeben, nichts als die Auswirkung eines simplen, wenn auch besonders starken Gewitters, die die Elektrizität ausschaltete. Du hast auch davon nichts mitbekommen? Du bist wirklich beneidenswert ahnungslos und da will ich dich auch gar nicht länger stören. Schlaf gut weiter, ich wünsche dir noch eine ungestörte Nacht!"

Irene Wondratsch

Wien - Lobau Hafen

Üblicherweise spielt ein Hafentext in Piräus, wo Melina Mercouri auf den einen wartet, den sie so liebt wie keinen und der sie glücklich macht. Natürlich kommt der, wie wir alle wissen, aus Amerika.

Angenommen, nicht Melina Mercouri wäre im Hafen gestanden, sondern ein echtes Mädchen aus Piräus. Das hätte dann vielleicht auch mit einem Ami angebandelt, aber der wäre Tellerwäscher am Schiff gewesen, hätte sich jedoch regelmäßig im Suff eingebildet, er brächte es zum Millionär. Diesen Blödsinn hätte ihm aber nicht einmal ein Mädchen aus Piräus geglaubt, weshalb es sich nicht sein Herz hätte stehlen lassen, sondern umgekehrt seine Geldbörse geklaut hätte, nachdem sein kurzes, aber heftiges Rammeln in Schnarchen übergegangen wäre.

Foto: Eva Müller

Ein Hafentext könnte auch gut in Marseille angesiedelt sein, wo Kommissar Maigret mit Chapeau und Sonnenbrille unauffällig seine Runden dreht, um eine Schiffsladung Heroin sicherzustellen oder einem Mädchenhändler das Handwerk zu legen. Die Schöne mit dem Schmollmund, die auf ihn angesetzt ist, um seine detektivische Arbeit zu behindern, durchschaut er als Werkzeug des Bösen, schließlich hat er Brigitte Bardot oft genug im Kino gesehen.

Freilich könnte auch im Hafen von Calais ein weißes Taschentuch im Wind knattern, mit dem Madelaine Arthur, der sich auf dem Schiff nach Dover befindet, hinterher winkt. Wenn es außer Sichtweite ist, wird sie ihre Tränen damit trocknen, bis es trieft vor Nässe, es auswinden, es abermals naßheulen and so on, wie Arthur sagen würde, wenn er sich nicht auf die Insel abgesetzt hätte. Papiertaschentücher wären praktischer, kommen aber in Hafentexten nicht vor.

Zum Hafentext gehören sex and crime wie Herz und Schmerz zu einem Liebesroman. Wellen brechen sich an der Mole, schlagen an die Kaimauer, der Sturm pfeift um die Hafenkneipen, auch Nebel oder Nieselregen sind beliebt sowie streunende Hunde und kreischende Möwen. Matrosen, Prostituierte, Dealer, korrupte Hafenbeamte und ein Held marschieren auf und am Ende wieder ab.

Nicht so im Lobau Hafen. Dorthin habe ich mich verirrt, weil ich auf einer Endlos-Endzeit-Großbaustelle die richtige Autobahnabfahrt verfehlt habe. Hier irre ich nun schon geraume Zeit umher, ohne eine Auffahrt auf die Südosttangente, geschweige denn auf eine normale Straße zu finden. Mit dem Kaisermühlendamm zum Beispiel wäre ich ja schon zufrieden.

Ich lande bei einer Tür mit der Aufschrift 'Fahrdienstleitung'. Ich bleibe stehen, steige aus und klopfe an. Niemand meldet sich. Ich klopfe stärker. Nichts. Ich will die Tür öffnen, aber sie ist verschlossen. Erst als ich zum zweiten Mal um das Gebäude herumgehe, entdecke ich den Zettel: *Bin bei Dreharbeiten zum "Kaisermühlenblues". Komme gleich.* Typisch Hafentext, denke ich, freue mich aber als studierte Germanistin besonders über die Anführungszeichen, zwischen denen "Kaisermühlenblues" steht. Sicher hat der Fahrdienstleiter die Beamtenmatura, oder ist das schon die Akademikerschwemme, die hier einen vergleichenden Sprachwissenschaftler von der Uni weggespült und im Hafen Lobau als Fahrdienstleiter angeschwemmt hat?

Ich schaue auf meine Armbanduhr, was völlig sinnlos ist, denn die Mitteilung des Fahrdienstleiters enthält keine Zeitangabe, wann er seine Amtsstelle verlassen hat, was das "Gleich" unkalkulierbar macht. Wenn er ein angeschwemmter Akademiker ist, dann sicherlich keiner aus den exakten Wissenschaften. Oder aber er sichert sich Vorgesetzten gegenüber ab, der Schlaumeier. Ein österreichischer Hafentext hat's mehr mit der Bürokratie als mit sex and crime, denke ich.

In meiner Blase herrscht Hochwasser, ich muß aufs Klo, was auch viel zu banal ist. Eine Banalität mit unerbittlicher Härte allerdings, wenn man bedenkt, daß ich hier kein WC finde. Offen bleibt die Frage, wo der Fahrdienstleiter dieses Geschäft verrichtet. Ich weiß jetzt schon, daß er just in dem Augenblick und just an der Stelle auftauchen wird, wo ich mich mit heruntergelassener Hose hinhocke. Das ist zu beschämend. Im Patriarchat findet keiner was dabei, wenn Männer auf öffentlichen Plätzen zur Seite treten und pinkeln. Aber eine hockende Frau, das ist nicht comme il faut.

Ich kann zwar meinem Drang nicht Einhalt gebieten, aber diesen Hafentext beenden, um mir lästige Leser-Zeugen vom Hals zu schaffen. Was für eine Erleichterung.

Irene Wondratsch

Fischereirevier Herrenhäufel

Wladimir Frantisek Voinimir Ludoviko Michka hatte wie jeden Tag vor Sonnenaufgang seinen Posten an der Reviergrenze bezogen. Kam ein Häuflein Herren in Gummistiefeln und mit Angelrute angerückt, die befugt waren, im Fischereirevier ihre schuppige Beute an Land zu ziehen, legte er zum Gruß zwei Finger an den Rand seiner karpfenmaulförmigen Dienstkappe.

Stunden um Stunden verbrachte er damit, die verbeulten Teile des an einem Baum angebrachten Schildes "Fischereirevier Herrenhäufel" zu polieren, doch der Rost ließ sich nicht entfernen. Der Fischereiverband war knapp bei Kasse, und so blieb Wladimir Frantisek Voinimir Ludoviko Michkas Antrag auf ein neues Schild unerledigt.

Foto: Eva Müller

Wie immer kam das Häuflein Herren nur mit Gummienten an ihren Angelhaken zurück, die Wladimir großzügig ausgesetzt hatte. Die Fische nämlich verbargen sich unter seiner Patronanz im hohlen Baumstamm, der mit Regenwasser gefüllt war. Davon waren die Schuppen der Fische ganz weich geworden. Erst wenn die Angler mit ihren Gummienten zufrieden abgezogen waren, schwammen sie in ihr Wasser zurück, wo sie sich nun sorglos tummeln konnten. Einmal hatten die Karpfen einen Hecht überwältigt, den sie Wladimir zum Dank für seine Schutzherrschaft in bereits filtetiertem und gebratenem Zustand überbrachten, damit er sich nichts an einer Gräte zuleide tue. Aber Michka, der Vegetarier war, belehrte sie, daß sie alle Gottes Geschöpfe seien, auch die Hechte.

"Auch die Piranhas?", fragte die freche Gusti. Ihre Mutter zog ihr mit der Flosse eins übers Maul. "Sei still!"

Wladimir übergab die Hechtfilets dem Wellengrab. Er nahm die Kappe ab und faltete die Hände: "Aus dem Wasser bist Du geboren, zu Wasser sollst Du werden", sagte er.

"Halleluja", sang der Chor der Karpfen. Das war so feierlich, daß die ansonsten so kecke Gusti weinen mußte. Dicke Tränen quollen aus ihren Fischaugen, bis sie ganz verschwollen waren.

Daß Wladimir nicht nachtragend war, zeigte sich daran, daß er Gusti Kamillenbäuschchen auflegte.

Bald zogen wieder heitere Tage im Fischereirevier Herrenhäufel ein. Der Herbst färbte die Schuppen der Fische in den buntesten Farben, und Wladimir hatte seine Freude an ihnen.

Der Altweibersommer wich einem feuchten, nebeligen November, und als eine Eisschicht das Wasser überzog, begannen die Fische ihren Winterschlaf. Die Angler aber heizten ihre Kachelöfen und unterhielten sich an den langen Abenden in ihrem Fischerlatein.

Wladimir Michka nahm Urlaub und fuhr zum Tauchen ans Große Barriere-Riff.

Foto: Richard Wall

Biografische Notizen zu den beitragenden Autoren und Autorinnen

(*) hat in der Edition die Donau hinunter bereits veröffentlicht

RUTH ASPÖCK (*)

kommt aus Salzburg und lebt in Wien. Schriftstellerin und kulturpolitische Essayistin. Hat nach vielen Erfahrungen mit Verlagen die Edition die Donau hinunter aufgebaut und verlegt jetzt im eigenen Verlag. Langjähriges Mitglied der GAV (Grazer Autorenversammlung).

EVA BAUER

lebt und arbeitet in Wien. Nach Abschluß der Studien Theaterwissenschaft und Romanistik trat sie in den öffentlichen Dienst ein. Sie war für Aus- und Weiterbildung zuständig, wurde u.a. arbeitsmarktpolitische Frauenreferentin und ist derzeit Personalleiterin eines großen Non-Profit-Unternehmens.

STEPHAN DENKENDORF (*)

kommt aus Neunkirchen in NÖ und lebte über ein Jahrzehnt in Ländern Europas, des Nahen Ostens, Lateinamerikas und des pazifischen Raumes. Er veröffentlicht sowohl in Anthologien als auch durch Einzelveröffentlichungen, seine Gedichte werden von Komponisten vertont. Als Autor der Edition die Donau hinunter ist er im "Buch von Flüssen" vertreten.

ELISABETH EBENBERGER (*)

lebt in Braz, Vorarlberg. Die Autorin erhielt für ihre literarische Arbeit mehrere Preise und Auszeichnungen. Veröffentlicht sind drei Erzählbände sowie ein Erfahrungsbericht über den Jakobsweg (Camino do Santiago de Compostela), den sie zweimal gegangen ist. Sie ist auch in der Edition die Donau hinunter in der Anthologie "Ein Buch von Flüssen" vertreten.

HERBERT W. FRANKE (*)

ist Wiener, der seit langem bei München wohnt und an der Münchner Universität der schönen Künste unterrichtet. Der promovierte Physiker ist einer der Pioniere der Computerkunst. Literarisch hat er als Science Fiction-Autor und als Sachbuchautor zu Fragen der Neuen Medien einen Namen. Privat ist Franke auch Höhlenforscher; Mitglied mehrerer gelehrter Gesellschaften und der GAV. Er hat in der Edition die Donau hinunter den Band "Wege zur Computerkunst" vorgelegt und ist auch in dem Sammelband: "Ganz schön fremd. Österreichische Literaten anderswo" vertreten.

LISA FRITSCH

ist Wienerin und lebt auch in Wien. Als Autorin ist sie vorwiegend Lyrikerin, die jedoch auch Prosatexte schreibt. Sie ist promovierte Philosophin und war in dieser Eigenschaft jahrelang im Schuldienst. Das aufgenommene Gedicht stammt aus dem "Landsat" - Zyklus, für den sie den Theodor-Körner-Preis erhielt. Lisa Fritsch ist Mitglied der GAV.

GERDA EDELWEISS GROSSMANN

ist Salzburgerin, Autorin und Filmemacherin und Filmtheoretikerin, Mitglied der GAV. Gerda E. Grossmann lebt zurzeit in Berlin.

ELFRIEDE HASLEHNER-GÖTZ (*)

stammt aus Wien, ist ausgebildete Sozialarbeiterin und promovierte Philosophin, war aktive Feministin, ist mehrfache Mutter und Großmutter. Sie hat sechs Gedichtbände und einen Prosaband veröffentlicht und mehrere Anerkennungspreise erhalten. Sie lebt in Wien und Gänserndorf, ist Mitglied der GAV. Sie ist als Autorin der Edition die Donau hinunter im Essayband "Wo die Armut wohnt" und mit Gedichten in der Anthologie "Donaugeschichten Band 1" vertreten.

CHRISTIAN HORVATH

ist Wiener, Irrwege und Ausflüge auf der Suche nach geeigneter Existenzform, ein Jahr Australien, derzeit Texter für eine Werbe-Agentur. Schreibt Gedichte und Essays und veröffentlicht bislang in Literaturzeitschriften.

EVA JANCAK

ist Wienerin und promovierte Psychologin. Sie lebt in Wien und Niederösterreich; ist Autorin von Fachbüchern und literarischen Werken (u.a. Kinder- und Jugendbuchpreis der Stadt Wien). Beruflich als praktizierende Psychologin und Psychotherapeutin tätig. Mitglied der GAV.

HAHNREI WOLF KÄFER (*)

lebt als freischaffender Schriftsteller in Wien, promovierter Theaterwissenschafter und im Ersten Wiener Lesetheater aktiv. Literarischer Beginn mit sprachkritischen Artikeln, seitdem vielfach in die Öffentlichkeit getreten. Zusammenarbeit mit Musikern (Uraufführungen von Text und Musik) Lektor an japanischen Universitäten. Gewähltes Vorstandsmitglied der IG Autoren Autorinnen. Er hat in der Edition die Donau hinunter einen Roman "Ich Ging. Das Buch des Wandelns" veröffentlicht.

GREGOR M. LEPKA

in Salzburg geboren, lebt bei Wels in Oberösterreich. Nach der Matura langjährige Reisen, vorwiegend in die pazifische Region. Schriftsteller mit Brotberuf Versicherungsangestellter. Übersetzt aus dem Englischen, hat Lyrik und Prosa in zahlreichen Anthologien, Literaturzeitschriften und Gedichtbänden veröffentlicht. Mitglied der GAV.

GÜNTHER POIDINGER (*)

geborener Niederösterreicher, lebt in Wien und im Rheinland. Er ist Journalist in Presse und Hörfunk, war 30 Jahre lang Kulturredakteur der Arbeiterzeitung, ist jetzt beim ORF und nebenbei Kolumnist von "Gusto" und dem "Wiener Journal".

Günther Poidinger hat sich für den Verein "Freunde der Kultur des Donauraumes" eingesetzt und ist als Autor der Edition die Donau hinunter in der Anthologie "Ein Buch von Flüssen" vertreten.

INGEBORG REISNER

ist Wienerin mit starkem persönlichem Bezug zu Florenz. Sie ist promovierte Kunsthistorikerin und Theaterwissenschafterin mit Schwerpunkt Kleinkunstbühnen. Ingeborg Reisner hat ein langes Berufsleben als Redakteurin und Journalistin durchgekämpft. Sie leitete das Filmressort einer Tageszeitung, später Ressorts in einem Zeitungsverlagshaus, und ist dazu seit langem publizistisch und literarisch tätig, auch mit Jugendbüchern

ROBERT SCHWARZ

ist freischaffender bildender Künstler in Wien, der seit langem schreibt. Die ersten Arbeiten waren Ergänzung seiner Malerei, später waren Zeichnungen und Texte gleichberechtigt, jetzt schreibt er auch Gedichte und Prosa ohne bildnerische Arbeiten.

ROLF SCHWENDTER (*)

hat in Wien mehrere Studien erfolgreich abgeschlossen und ist Professor für Devianzforschung an der Gesamthochschule in Kassel. Er hat theoretische und künstlerische Werke veröffentlicht und ist wiederholt gewähltes Vorstandsmitglied der GAV.

Rolf Schwendter ist mehrmals als Autor der Edition die Donau hinunter vertreten, so in den Büchern "Alles Theater?", "Poldis GalerieCafé" und in den "Donaugeschichten Band 1".

WALTRAUD SEIDLHOFER

Die OÖ. Landeskulturpreisträgerin und mehrfach ausgezeichnete Schriftstellerin ist schon während der Gymnasialzeit als Lyrikerin aufgefallen und hat seitdem sehr viel in Österreich und Deutschland in verschiedenen Medien veröffentlicht. Zudem hat sie ein Berufsleben als Bibliothekarin hinter sich. Waltraud Seidlhofer ist Mitglied der GAV und der Künstlervereinigung MAERZ in Linz.

JUTTA SKOKAN

lebt in Wels. Sie schafft es, neben ihrer Funktion als Intendantin der Gmundner Festwochen und vielen kulturpolitischen Verpflichtungen ihrer lyrischen Begabung nachzukommen. Sie ist Mitglied der GAV und wünscht sich eine Kooperation aller Schriftsteller über die Verbände hinweg.

EVAMARIE TAFERNER

lebt in Eferding, OÖ in einer künstlerischen Umgebung. Als Schriftstellerin ist sie spät in die Öffentlichkeit gegangen. Ihr enger Bezug zu Menschen und Landschaften um die Donau ist neben den zeitgeschichtlichen und gesellschaftskritischen Aspekten in ihren Texten unübersehbar.

EDITH THABET

Wiener Autorin, hat sich mit rund 40 Kinderbüchern und zahlreichen Drehbüchern fürs Kinderfernsehen einen Namen gemacht, hat aber auch Prosatexte für Erwachsene in Zeitschriften, Anthologien und im Rundfunk aufzuweisen, gewürdigt mit dem Dr. Adolf Schärf-Preis für Literatur und der Aufnahme in die Ehrenliste zum österr. Kinder- und Jugendbuchpreis.

RICHARD WALL (*)

kommt aus Engerwitzdorf in OÖ und ist Mag. art. Literarische, malerische, grafische und fotografische Arbeiten. Aktives Mitglied der GAV und der GAV-OÖ, viele literarische Publikationen, zuletzt: "Klemens Brosch oder Einübung ins Unmögliche"; Kunsterzieher. Reisen durch ganz Europa, enger Kontakt mit Irland. Richard Wall ist in der Edition die Donau hinunter in der Anthologie "Ein Buch von Flüssen" mit Text und Zeichnung vertreten.

ROMAN WEYAND

ist Wiener, Student der Philosophie und Medizin. Seit einigen Jahren betätigt er sich auch schriftstellerisch (Lyrik und Prosa), künstlerisch (Buchillustrationen) und musikexperimentell ("improvised harmony").

RENATE WIGGERSHAUS

ist Rheinländerin. Die erfolgreiche Schriftstellerin hat in großen deutschen Verlagen literarische und dokumentarische Bücher veröffentlicht, in denen sie Frauenbiografien nachzeichnet und ihre feministischen und zeitgeschichtlichen Bezüge aufzeigt.

ERICH WIMMER (*)

geborener Linzer, wo er auch studierte und vom Musikunterricht lebt. Er ist erfolgreicher, mit Anerkennung und Preisen bedachter Jungautor, passionierter Geigenspieler und Fischer.

Der Edition die Donau hinunter vertraute er seine erste Einzelpublikation an, "57 Romane in Einem" namens "Schade Zeit", diese bezieht sich auf den abgeleisteten Zivildienst.

IRENE WONDRATSCH (*)

studierte Germanistik und Geschichte, weiters Fremdsprachendidaktik und Schreibpädagogik. Sie ist in der Arbeiterkammer Wien für die Lehrerinnenfortbildungsaktion "Arbeitswelt und Schule" tätig und veranstaltet für Institutionen der Erwachsenenbildung Schreibwerkstätten. Sie schreibt Kurzgeschichten und Erzählungen, von denen einige in Anthologien, Literaturzeitschriften sowie im ORF-Hörfunk und im Internet erschienen sind. 1997 kam sie in die Endauswahl beim Literaturwettbewerb für Kürzestgeschichten (Anton-Kuh-Preis).

Irene Wondratsch ist als Autorin der Edition die Donau hinunter in der Anthologie "Donaugeschichten Band 1" mit einem Text vertreten.